Betrachtungen und Gedichte

Zusammengestellt von
Volker Michels

Suhrkamp

Diese Zusammenstellung erschien erstmals 2000
als insel taschenbuch 2407 unter dem Titel »Glück«

Diesem Buch liegt eine CD bei,
eine Auswahl aus der MC des Hörverlags:
»Hermann Hesse. Über das Glück. Briefe,
Gedichte und Prosa aus ›Klingsors letzter Sommer‹«,
Produktion: Suhrkamp Verlag 1949/1971.

suhrkamp taschenbuch 3731
Erste Auflage 2005
Suhrkamp Taschenbuch Verlag

Druck: Ebner & Spiegel, Ulm
Printed in Germany
Umschlag: Göllner, Michels, Zegarzewski
3-518-45731-4

1 2 3 4 5 6 – 10 09 08 07 06 05

Über das Glück

Glück

Der Mensch, so wie ihn Gott gedacht und wie die Dichtung und Weisheit der Völker ihn manche tausend Jahre lang verstanden hat, ist geschaffen mit einer Fähigkeit, sich zu freuen an Dingen, auch wenn sie ihm nicht nützen, mit einem Organ für das Schöne. An der Freude des Menschen am Schönen haben stets Geist und Sinne in gleichem Maße teil, und solange Menschen fähig sind, sich mitten in den Drangsalen und Gefährdungen ihres Lebens solcher Dinge zu freuen: eines Farbenspieles in der Natur oder im gemalten Bilde, eines Anrufes in den Stimmen der Stürme und des Meeres oder einer von Menschen gemachten Musik, solange ihnen hinter der Oberfläche der Interessen und Nöte die Welt als Ganzes sichtbar oder fühlbar werden kann, worin vom Kopfdrehen einer spielenden jungen Katze bis zum Variationenspiel einer Sonate, vom rührenden Blick eines Hundes bis zur Tragödie eines Dichters ein Zusammenhang, ein tausendfältiger Reichtum an Beziehungen, Entsprechungen, Analogien und Spiegelungen besteht, aus deren ewig fließender Sprache den Hörern Freude und Weisheit, Spaß und Rührung zuteil wird – solange wird der Mensch seiner Fragwürdigkeiten immer wieder Herr werden und seinem Dasein immer wieder Sinn zuschreiben können, denn der »Sinn« ist ja eben jene Einheit des Vielfältigen, oder doch

jene Fähigkeit des Geistes, den Wirrwarr der Welt als Einheit und Harmonie zu ahnen. Für den wirklichen Menschen, den heilen, ganzen, unverkrüppelten, rechtfertigt sich die Welt, rechtfertigt sich Gott unaufhörlich durch solche Wunder wie dies, daß es außer dem Kühlerwerden am Abend und dem erreichten Ende der Arbeitszeit auch noch so etwas gibt wie das Erröten der abendlichen Atmosphäre und die zauberisch gleitenden Übergänge vom Rosa ins Violett, oder daß es so etwas gibt wie die Verwandlung eines Menschengesichtes, wenn es in tausend Übergängen gleich dem Abendhimmel überflogen wird vom Wunder des Lächelns, oder daß es so etwas gibt wie die Räume und die Fenster eines Domes, daß es so etwas gibt wie die Ordnung der Staubgefäße im Blumenkelch, etwas wie die aus Brettchen gebaute Violine, etwas wie die Tonleiter, und etwas so Unbegreifliches, Zartes, aus Natur und Geist Geborenes, Vernünftiges und zugleich Übervernünftiges und Kindliches wie die Sprache. Ihre Schönheiten und Überraschungen, ihre Rätsel, ihre scheinbare Ewigkeit, die sie dennoch nicht entfernt und abdichtet von den Anfälligkeiten, Krankheiten, Gefahren, denen alles Menschliche ausgesetzt ist – das macht sie für uns, ihre Diener und Schüler, zu einer der geheimnisvollsten und ehrwürdigsten Erscheinungen auf Erden.
Und nicht nur daß jedes Volk oder jede Kulturgemeinschaft sich die ihren Herkünften entspre-

chende und zugleich ihren noch unausgesprochenen Zielen dienende Sprache geschaffen hat, nicht nur daß ein Volk die Sprache des andern lernen, bewundern, belächeln und dennoch niemals ganz und völlig verstehen kann! Nein, es ist auch für jeden einzelnen Menschen, sofern er nicht in einer noch sprachlosen Vorwelt oder in einer zu Ende mechanisierten und damit wieder sprachlos gewordenen Wirklichkeit lebt, die Sprache ein persönliches Eigentum, es haben für jeden Sprachempfänglichen, also für jeden heilen und unzerstückelten Menschen die Worte und Silben, die Buchstaben und Formen, die Möglichkeiten der Syntax ihren besonderen, nur ihm eigenen Wert und Sinn, es kann jede echte Sprache von jedem für sie und mit ihr Begabten auf ganz persönliche und einmalige Weise empfunden und erlebt werden, auch wenn er nichts davon weiß. So wie es Musiker gegeben hat, denen gewisse Instrumente oder gewisse Stimmlagen besonders lieb oder auch besonders verdächtig oder unvertraut waren, so haben die meisten Menschen, sofern sie überhaupt einen Sprachsinn haben, zu gewissen Worten und Klängen, gewissen Vokalen oder Buchstabenfolgen eine eigene Hinneigung, während sie andere eher meiden, und wenn jemand einen bestimmten Dichter besonders liebt oder ablehnt, dann hat daran auch dieses Dichters Sprachgeschmack und Sprachgehör seinen Anteil, welche dem seiner Leser verwandt oder fremd sind. Ich könnte zum Beispiel eine ganze Menge von Versen und Gedichten nennen, welche ich durch Jahrzehnte geliebt habe und liebe, nicht ihres Sinnes, nicht ihrer Weisheit, nicht ihres Gehaltes an Erfahrung, Güte, Größe wegen, sondern einzig wegen eines bestimmten Reimes, wegen einer bestimmten rhythmischen Abweichung vom überkommenen Schema, wegen einer bestimmten Auswahl der bevorzugten Vokale, welche der Dichter ebenso unbewußt getroffen haben kann wie der Leser sie unbewußt übt. Man kann aus Bau und Rhythmus eines Prosasatzes von Goethe oder Brentano, von Lessing oder E. Th. A. Hoffmann über das Charakteristische, über die leibliche und seelische Veranlagung des Dichters oft weit mehr schließen als aus dem, was dieser Prosasatz aussagt. Es gibt Sätze, die bei jedem beliebigen Dichter stehen könnten, und andre, die überhaupt nur bei einem einzigen wohlbekannten Sprachmusikanten möglich waren.

Für unsereinen sind die Wörter dasselbe, was für den Maler die Farben auf der Palette sind. Es gibt ihrer zahllose, und es entstehen ihrer immer neue, aber die guten, die echten Worte sind weniger zahlreich, und ich habe es in siebzig Jahren nicht erlebt, daß ein neues entstanden wäre. Auch der Farben sind es ja nicht beliebig viele, wennschon ihre Abtönungen und Mischungen nicht zu zählen sind. Unter den Wörtern gibt es für jeden Sprechenden

Lieblinge und Fremde, bevorzugte und gemiedene, es gibt alltägliche, die man tausendmal verwendet ohne eine Abnützung zu fürchten, und andre, festliche, die man, so sehr man sie lieben möge, nur mit Bedacht und Schonung, mit der dem Festlichen zukommenden Seltenheit und Auserwähltheit sagt und schreibt.

Zu ihnen gehört für mich das Wort Glück.

Es ist eins von den Wörtern, die ich immer geliebt und gern gehört habe. Mochte man über seine Bedeutung noch so viel streiten und räsonieren können, auf jeden Fall bedeutete es etwas Schönes, etwas Gutes und Wünschenswertes. Und dem entsprechend fand ich den Klang des Wortes.

Ich fand, dieses Wort habe trotz seiner Kürze etwas erstaunlich Schweres und Volles, etwas, was an Gold erinnerte, und richtig war ihm außer der Fülle und Vollwichtigkeit auch der Glanz eigen, wie der Blitz in der Wolke wohnte er in der kurzen Silbe, die so schmelzend und lächelnd mit dem GL begann, im Ü so lachend ruhte und so kurz, und im CK so entschlossen und knapp endete. Es war ein Wort zum Lachen und zum Weinen, ein Wort voll Urzauber und Sinnlichkeit; wenn man es recht empfinden wollte, brauchte man nur ein spätes, flaches, müdes Nickel- oder Kupferwort neben das goldene zu stellen, etwa Gegebenheit oder Nutzbarmachung, dann war alles klar. Kein Zweifel, es kam nicht aus Wörterbüchern und Schulstuben, es war nicht erdacht, abgeleitet oder zusammengesetzt, es war Eins und rund, war vollkommen, es kam aus dem Himmel oder aus der Erde wie Sonnenlicht oder Blumenblick. Wie gut, wie glücklich, wie tröstlich, daß es solche Wörter gab! Ohne sie zu leben und zu denken, wäre Welke und Verödung, wäre wie Leben ohne Brot und Wein, ohne Lachen oder Musik.

Nach dieser Seite hin, nach der natürlichen und sinnlichen, hat mein Verhältnis zu dem Wort Glück sich nie entwickelt und geändert, das Wort ist heute so kurz und schwer, so golden und glänzend wie immer, ich liebe es, wie ich es als Knabe geliebt habe. Was aber dieses magische Symbol bedeute, was mit diesem so kurzen wie schweren Wort gemeint sei, darüber haben meine Meinungen und Gedanken viele Entwicklungen erlebt und sind erst sehr spät zu einem klaren und bestimmten Schluß gekommen. Bis weit über die Mitte meines Lebens hinaus nahm ich es ungeprüft und folgsam hin, daß im Munde der Leute Glück etwas zwar Positives und unbedingt Wertvolles, im Grunde aber doch Banales bedeute. Gute Geburt, gute Erziehung, gute Karriere, gute Ehe, Gedeihen in Haus und Familie, Ansehen bei den Leuten, voller Beutel, volle Truhen, an alles dieses wurde gedacht, wenn man »Glück« sagte, und ich tat wie jedermann. Es gab, so schien es, glückliche Menschen und andere, wie es gescheite und andere gab. Wir sprachen von

Glück auch in der Weltgeschichte, wir glaubten glückliche Völker, glückliche Epochen zu kennen. Dabei lebten wir selbst mitten in einer ungewöhnlich »glücklichen« Epoche, wir waren vom Glück eines langen Friedens, einer weiten Freizügigkeit, eines bedeutenden Behagens und Wohlseins umspült wie von einem lauen Bade, und doch merkten wir es nicht, es verstand sich dies Glück allzu sehr von selbst, und wir jungen Leute in jener scheinbar so freundlichen, behaglichen und friedlichen Epoche waren, wenn wir etwas auf uns hielten, blasiert und skeptisch gestimmt, kokettierten mit dem Tod, mit der Entartung, mit der interessanten Bleichsucht, während wir vom Florenz des Quattrocento, dem Athen des Perikles und anderen vergangenen Zeiten als von glücklichen sprachen. Das Schwärmen für jene Blütenzeiten zwar verlor sich allmählich, wir lasen Geschichtsbücher, lasen Schopenhauer, wurden gegen die Superlative und gegen die schönen Worte mißtrauisch, wir lernten geistig in einem gedämpften und relativierten Klima leben – und dennoch klang das Wort Glück, wo irgend man ihm unbefangen begegnete, mit dem alten vollen goldenen Ton, blieb Mahnung oder Erinnerung an Dinge höchsten Wertes. Vielleicht, dachten wir zuzeiten, konnten einfache Kindermenschen jene handgreiflichen Güter des Lebens Glück nennen, wir aber dachten bei dem Worte eher an etwas wie Weisheit, Drüberstehen, Geduld, Unbeirrbarkeit

der Seele, was alles schön war und uns Freude machte, ohne doch einen so urmäßigen, vollen, tiefen Namen wie »Glück« zu verdienen.
Inzwischen war mein persönliches Leben längst soweit gediehen, daß ich wußte, es sei nicht nur kein sogenannt glückliches, sondern es habe auch das Streben nach sogenanntem Glück darin keinen Raum und keinen Sinn. In einer pathetischen Stunde hätte ich dies Verhalten vielleicht als Amor Fati bezeichnet, doch war ich im Grunde und mit Ausnahme kurzdauernder überhitzter Entwicklungszustände nie sehr zum Pathos geneigt, und auch die unpathetische Schopenhauersche begierdelose Liebe war schon nicht mehr mein unbedingtes Ideal, seit ich die leise, unscheinbare, sparsame und stets ein wenig spöttische Art von Weisheit hatte kennenlernen, auf deren Boden die Berichte über das Leben der chinesischen Meister und die Gleichnisse des Dschuang Dsi gewachsen sind.
Nun, ich möchte nicht ins Plaudern geraten. Ich habe etwas ziemlich genau Bestimmtes zu sagen vor. Zunächst und um bei der Stange zu bleiben, versuche ich mit umschreibenden Worten das zu formulieren, was an Inhalt und Bedeutung heute für mich in dem Worte Glück liegt. Unter Glück verstehe ich heute etwas ganz Objektives, nämlich die Ganzheit selbst, das zeitlose Sein, die ewige Musik der Welt, das, was andre etwa die Harmonie der Sphären oder das Lächeln Gottes genannt ha-

ben. Dieser Inbegriff, diese unendliche Musik, diese voll tönende und golden glänzende Ewigkeit ist reine und vollkommene Gegenwart, sie kennt keine Zeit, keine Geschichte, kein Vorher, kein Nachher. Ewig leuchtet und lacht das Antlitz der Welt, während Menschen, Generationen, Völker, Reiche aufsteigen, blühen und wieder in den Schatten und das Nichts hinsinken. Ewig musiziert das Leben, ewig tanzt es seinen Reigen, und was uns Vergänglichen, Gefährdeten und Hinfälligen dennoch an Freude, an Trost, an Lachenkönnen etwa zugeteilt wird, ist Glanz von dort, ist ein Auge voll Licht, ein Ohr voll Musik.

Ob es nun jemals jene sagenhaften »glücklichen« Menschen wirklich gegeben habe oder ob auch die mit Neid gepriesenen Glückskinder, Sonnenlieblinge und Weltherren nur zuweilen, nur in festlichen und begnadeten Stunden oder Augenblicken vom großen Licht bestrahlt worden seien, sie haben kein anderes Glück erleben, an keiner anderen Freude teilhaben können. Atmen in vollkommener Gegenwart, Mitsingen im Chor der Sphären, Mittanzen im Reigen der Welt, Mitlachen im ewigen Lachen Gottes, das ist unsre Teilhabe am Glück. Viele haben es nur einmal, viele nur wenige Male erlebt. Aber der es erlebt hat, ist nicht nur für einen Augenblick glücklich gewesen, er hat auch etwas vom Glanz und Klang, etwas vom Licht der zeitlosen Freude mitgebracht, und alles, was durch

Liebende an Liebe, durch Künstler an Trost und Heiterkeit in unsre Welt getragen worden ist und oft nach Jahrhunderten so hell strahlt wie am ersten Tage, das kommt von dort.

Zu dieser umfassenden, dieser weltgroßen und heiligen Bedeutung ist bei mir das Wort Glück im Lauf eines Lebens gelangt, und vielleicht ist es nötig den Schulknaben unter meinen Lesern ausdrücklich zu sagen, daß ich hier keineswegs Philologie treibe, sondern ein Stückchen Seelengeschichte erzähle, und daß es mir sehr fern liegt, sie etwa dazu aufzufordern, sie möchten nun auch ihrerseits im mündlichen und schriftlichen Gebrauch dem Worte Glück diese gewaltige Bedeutung geben. Für mich aber hat sich um dies holde, kurze, golden glänzende Wort herum alles das angesammelt, was ich seit Kindertagen bei seinem Klang empfand. Die Empfindung war beim Kinde gewiß stärker, die Antwort aller Sinne auf die sinnlichen Qualitäten und Anrufe des Wortes heftiger und lauter, aber wäre das Wort an sich nicht so tief, so ursprünglich und so welthaltig, so hätte sich meine Vorstellung von der ewigen Gegenwart, von der »goldenen Spur« (im Goldmund) und dem Lachen der Unsterblichen (im Steppenwolf) nicht um dieses Wort herum kristallisiert.

Wenn altgewordene Menschen sich darauf zu besinnen suchen, wann, wie oft und wie stark sie Glück empfunden haben, dann suchen sie vor allem in ihrer Kindheit, und mit Recht, denn zum Erleben des Glückes bedarf es vor allem der Unabhängigkeit von der Zeit und damit von der Furcht sowohl wie von der Hoffnung, und diese Fähigkeit kommt den meisten Menschen mit den Jahren abhanden. Auch ich, wenn ich mich der Augenblicke meiner Teilhabe am Glanz der ewigen Gegenwart, am Lächeln Gottes zu erinnern suche, kehre jedesmal bei der Kindheit ein und finde dort die meisten und die wertvollsten Erlebnisse dieser Art. Gewiß, blendender und bunter, festlicher kostümiert und farbiger beleuchtet waren die Freudenzeiten der Jünglingsjahre, der Geist hatte an ihnen mehr Anteil als an denen der Kindheit. Aber, wenn man genauer und immer genauer zusah, war es doch mehr Spaß und Lustigkeit, als wirklich Glück. Man war lustig, witzig, geistreich, man machte manchen guten Spaß. Ich erinnere mich eines Augenblicks im Kreis meiner Kameraden in der blühenden Jugendzeit: da fragte ein Harmloser im Gespräch, was denn eigentlich ein homerisches Gelächter sei, und ich antwortete ihm durch ein rhythmisches Gelächter, das genau einen Hexameter nachskandierte. Man lachte laut, man stieß mit den Gläsern an – aber Augenblicke dieser Art halten der späten Nachprüfung nicht stand. Das alles war hübsch, war lustig, schmeckte gut, aber Glück war es nicht. Glück, so schien es, wenn man diesen Untersuchungen lange genug nachging, Glück war nur in

der Kindheit erlebt worden, in Stunden oder Augenblicken, deren Wiederfinden sehr schwierig war, denn auch dort noch, auch im Bezirk der Kindheit erwies sich der Glanz beim Nachprüfen nicht immer als echt, das Gold nicht immer als völlig gediegen. Wenn ich es ganz genau nahm, so blieben nur ganz wenige Erlebnisse übrig, und auch sie waren nicht Bilder, die man ausmalen, und nicht Geschichten, die man erzählen konnte, sie wichen den Befragungen geschmeidig aus. Meldete sich eine solche Erinnerung, so schien es zuerst, als handle es sich um Wochen oder Tage oder doch mindestens um einen Tag, eine Weihnacht etwa, einen Geburtstag oder einen ersten Ferientag. Aber um einen Kindertag im Gedächtnis wiederherzustellen, bedürfte es tausender Bilder, und für keinen einzigen Tag, auch nicht für einen halben, brächte das Gedächtnis die ausreichende Menge von Bildern zusammen.
Ob es nun aber Erlebnisse von Tagen, von Stunden oder auch nur von Minuten gewesen sind, erlebt habe ich das Glück manche Male, und bin auch in späten Tagen, noch im Alter, ihm für Augenblicke nahe gekommen. Von jenen Glücksbegegnungen der Lebensfrühe aber, so oft ich sie beschworen, befragt und geprüft habe, hat eine besonders standgehalten. Es war in meiner Schulknabenzeit, und das Eigentliche daran, das Echte, Urhafte und Mythische darin, der Zustand des still lachenden Eins-

Seins mit der Welt, der absoluten Freiheit von Zeit, von Hoffnung und Furcht, der völligen Gegenwärtigkeit kann nicht lange gewährt haben, vielleicht Minuten.

Eines Morgens erwachte ich, ein lebhafter Knabe von vielleicht zehn Jahren, mit einem ganz ungewöhnlich holden und tiefen Gefühl von Freude und Wohlsein, das mich wie eine innere Sonne durchstrahlte, so als sei jetzt eben, in diesem Augenblick des Erwachens aus einem guten Knabenschlaf, etwas Neues und Wunderbares geschehen, als sei meine ganze klein-große Knabenwelt in einen neuen und höhern Zustand, in ein neues Licht und Klima eingetreten, als habe das ganze schöne Leben erst jetzt, an diesem frühen Morgen, seinen vollen Wert und Sinn bekommen. Ich wußte nichts von gestern noch von morgen, ich war von einem glückhaften Heute umfangen und sanft umspült. Es tat wohl und wurde von Sinnen und Seele ohne Neugierde und ohne Rechenschaft gekostet, es durchrann mich und schmeckte herrlich.
Es war Morgen, durchs hohe Fenster sah ich über dem langen Dachrücken des Nachbarhauses den Himmel heiter in reinem Hellblau stehen, auch er schien voll Glück, als habe er Besonderes vor und habe dazu sein hübschestes Kleid angezogen. Mehr war von meinem Bette aus von der Welt nicht zu sehen, nur eben dieser schöne Himmel und das

lange Stück Dach vom Nachbarhause, aber auch dies Dach, dies langweilige und öde Dach aus dunkel rotbraunen Ziegeln schien zu lachen, es ging über seine steile schattige Schrägwand ein leises Spiel von Farben, und die einzelne bläuliche Glaspfanne zwischen den roten tönernen schien lebendig und schien freudig bemüht, etwas von diesem so leise und stetig strahlenden Frühhimmel zu spiegeln. Der Himmel, die etwas rauhe Kante des Dachrückens, das uniformierte Heer der braunen und das luftig dünne Blau des einzigen Glasziegels schienen auf eine schöne und erfreuliche Weise miteinander einverstanden, sie hatten sichtlich nichts andres im Sinn, als in dieser besonderen Morgenstunde einander anzulachen und es gut miteinander zu meinen. Himmelblau, Ziegelbraun und Glasblau hatten einen Sinn, sie gehörten zusammen, sie spielten miteinander, es war ihnen wohl, und es war gut und tat wohl, sie zu sehen, ihrem Spiel beizuwohnen, sich vom selben Morgenglanz und Wohlgefühl durchflossen zu fühlen wie sie.

So lag ich, den beginnenden Morgen samt dem ruhigen Nachgefühl des Schlafes genießend, eine schöne Ewigkeit in meinem Bett, und ob ich ein gleiches oder ähnliches Glück noch andre Male in meinem Leben gekostet habe, tiefer und wirklicher konnte keines sein: die Welt war in Ordnung. Und ob dieses Glück hundert Sekunden oder zehn Minuten gedauert habe, es war so außerhalb der Zeit, daß es jedem andern echten Glücke so vollkommen glich wie ein flatternder Bläuling dem andern. Es war vergänglich, es wurde von der Zeit überspült, aber es war tief und ewig genug, um über mehr als sechzig Jahre hinweg mich noch heute zu sich zurückzurufen und zu ziehen, daß ich mit müden Augen und schmerzenden Fingern darum bemüht sein muß, es anzurufen und ihm zuzulächeln, es nachzubilden und zu beschreiben. Es bestand aus nichts, dieses Glück, als aus dem Zusammenklang der paar Dinge um mich her mit meinem eigenen Sein, aus einem wunschlosen Wohlsein, das nach keiner Änderung, keiner Steigerung verlangte.

Es war noch Stille im Haus, und auch von außen her kein Laut. Wäre diese Stille nicht gewesen, so hätte vermutlich die Erinnerung an die alltäglichen Pflichten, an das Aufstehen und den Gang zur Schule mein Wohlsein gestört. Aber es war offenbar weder Tag noch Nacht, es war das süße Licht und das lachende Blau zwar vorhanden, aber kein Mägdetrab über die Sandsteinfliesen des Vorplatzes, keine knarrende Tür, kein Bäckerbubenschritt auf den Treppen. Dieser Morgen-Augenblick war außerhalb der Zeit, er rief zu nichts, er wies auf nichts Kommendes hin, er war sich selbst genug, und da er mich ganz mit in sich begriff, gab es auch für mich keinen Tag, keinen Gedanken an Aufstehen und Schule, an halb gemachte Aufgaben oder

schlecht gelernte Vokabeln, an hastiges Frühstükken im frisch gelüfteten Eßzimmer drüben.
Die Ewigkeit des Glückes erfuhr diesmal ihren Zerfall durch eine Steigerung des Schönen, durch ein Mehr und Zuviel an Freude. Während ich so lag und mich nicht rührte, und die lichte stille Morgenwelt in mich eindrang und mich in sich aufnahm, stieß aus der Ferne her etwas Ungewohntes, etwas Glänzendes und Überhelles golden und triumphierend durch die Stille, voll strotzender Freude, voll lockender und weckender Süßigkeit: der Klang einer Trompete. Und schon war, während ich, nun erst völlig wach, mich im Bett aufrichtete und die Decke zurückschlug, der Klang zweistimmig und mehrstimmig geworden: es war die Stadtmusik, die mit klingendem Spiel durch die Gassen marschierte, ein überaus seltenes und aufregendes Ereignis voll schmetternder Festlichkeit, daß mir das Kinderherz im Leibe zugleich lachte und schluchzte, als wäre alles Glück, aller Zauber der seligen Stunde in diese aufreizenden scharfsüßen Töne zusammengeflossen und ergösse sich nun, geweckt und ins Zeitliche und Vergängliche zurückgekehrt. In einer Sekunde war ich aus dem Bett, bebend vor Festfreude, stürzte zur Tür und ins Nebenzimmer, aus dessen Fenstern man die Straße sehen konnte. In einem Taumel von Entzücken, von Neugierde und Dabeiseinwollen legte ich mich in ein offenes Fenster, hörte beglückt die schwellenden und hoch-

mütigen Klänge der näherkommenden Musik, sah und hörte die Nachbarhäuser und die Straßen erwachen, lebendig werden und sich mit Gesichtern, Gestalten und Stimmen anfüllen – und in derselben Sekunde wußte ich auch alles wieder, was ich in jenem Wohlsein zwischen Schlaf und Tag so ganz vergessen hatte. Ich wußte, daß in der Tat heute keine Schule sei, sondern ein hoher Festtag, ich glaube, es war des Königs Geburtstag, daß es Umzüge, Fahnen, Musik und unerhörte Belustigungen geben werde.

Und mit diesem Wissen war ich zurückgekehrt, stand ich wieder unter den Gesetzen, die den Alltag beherrschen, und wenn es auch kein Alltag war, sondern ein Festtag, zu dem die metallenen Töne mich erweckt hatten, so war doch das Eigentliche und Schöne und Göttliche dieses Morgenzaubers schon vergangen und hinter dem kleinen holden Wunder schlugen die Wellen der Zeit, der Welt, der Gewöhnlichkeit wieder zusammen.

(1949)

Es gibt so Schönes

Es gibt so Schönes in der Welt,
Daran du nie dich satt erquickst
Und das dir immer Treue hält
Und das du immer neu erblickst:
Der Blick von einer Alpe Grat,
Am grünen Meer ein stiller Pfad,
Ein Bach, der über Felsen springt,
Ein Vogel, der im Dunkel singt,
Ein Kind, das noch im Traume lacht,
Ein Sterneglanz der Winternacht,
Ein Abendrot im klaren See
Bekränzt von Alm und Firneschnee,
Ein Lied am Straßenzaun erlauscht,
Ein Gruß mit Wanderern getauscht,
Ein Denken an die Kinderzeit,
Ein immer waches, zartes Leid,
Das nächtelang mit seinem Schmerz
Dir weitet das verengte Herz
Und über Sternen schön und bleich
Dir baut ein fernes Heimwehreich.

Kleine Freuden

Große Teile des Volkes leben in unserer Zeit in freudloser und liebloser Dumpfheit dahin. Feine Geister empfinden unsere unkünstlerischen Lebensformen drückend und schmerzlich und ziehen sich vom Tage zurück. In Kunst und Dichtung ist nach der kurzen Periode des Realismus überall ein Ungenügen zu spüren, dessen deutlichste Symptome das Heimweh nach der Renaissance und die Neuromantik sind.

»Euch fehlt der Glaube!« ruft die Kirche, und »Euch fehlt die Kunst!« ruft Avenarius. Meinetwegen. Ich meine, uns fehlt es an Freude. Der Schwung eines erhöhten Lebens, die Auffassung des Lebens als eine fröhliche Sache, als ein Fest, das ist es doch im Grunde, womit uns die Renaissance so blendend anzieht. Die hohe Bewertung der Minute, die Eile, als wichtigste Ursache unserer Lebensform, ist ohne Zweifel der gefährlichste Feind der Freude. Mit sehnsüchtigem Lächeln lesen wir die Idyllen und empfindsamen Reisen vergangener Epochen. Wozu haben unsere Großväter nicht Zeit gehabt? Als ich einmal Friedrich Schlegels Ekloge auf den Müßiggang las, konnte ich mich des Gedankens nicht erwehren: Wie würdest du erst geseufzt haben, wenn du unsere Arbeit hättest tun müssen!

Daß diese Eiligkeit unseres heutigen Lebens uns

von der frühesten Erziehung an angreifend und nachteilig beeinflußt hat, erscheint traurig, aber notwendig. Leider aber hat sich diese Hast des modernen Lebens längst auch unserer geringen Muße bemächtigt; unsere Art zu genießen ist kaum weniger nervös und aufreibend als der Betrieb unserer Arbeit. »Möglichst viel und möglichst schnell« ist die Losung. Daraus folgt immer mehr Vergnügung und immer weniger Freude. Wer je ein großes Fest in Städten oder gar Großstädten angesehen hat, oder die Vergnügungsorte moderner Städte, dem haften diese fieberheißen, verzerrten Gesichter mit den starren Augen schmerzlich und ekelhaft im Gedächtnis. Und diese krankhafte, von ewigem Ungenügen gestachelte und dennoch ewig übersättigte Art zu genießen hat ihre Stätte auch in den Theatern, in den Opernhäusern, ja in den Konzertsälen und Bildergalerien. Eine moderne Kunstausstellung zu besuchen, ist gewiß selten ein Vergnügen.
Von diesen Übeln bleibt auch der Reiche nicht verschont. Er könnte wohl, aber er kann nicht. Man muß mitmachen, auf dem laufenden bleiben, sich auf der Höhe halten.
So wenig als andere weiß ich ein Universalrezept gegen diese Mißstände. Ich möchte nur ein altes, leider ganz unmodernes Privatmittel in Erinnerung bringen: Mäßiger Genuß ist doppelter Genuß. Und: Überseht doch die kleinen Freuden nicht!
Also: Maßhalten. In gewissen Kreisen gehört Mut

dazu, eine Premiere zu versäumen. In weiteren Kreisen gehört Mut dazu, eine literarische Novität einige Wochen nach ihrem Erscheinen noch nicht zu kennen. In den allerweitesten Kreisen ist man blamiert, wenn man die heutige Zeitung nicht gelesen hat. Aber ich kenne einige, welche es nicht bereuen, diesen Mut gehabt zu haben.

Wer einen abonnierten Sitz im Theater hat, der glaube nicht etwas zu verlieren, wenn er nur jede zweite Woche einmal davon Gebrauch macht. Ich garantiere ihm: er wird gewinnen.

Wer gewohnt ist, Bilder in Masse zu sehen, der versuche einmal, falls er dazu noch fähig ist, eine Stunde oder mehr vor einem einzelnen Meisterwerk zu verweilen und sich damit für diesen Tag zu begnügen. Er wird dabei gewinnen.

Ebenso versuche es der Vielleser usw. Er wird sich einigemal ärgern, über etwas Neues nicht mitreden zu können. Er wird einigemal Lächeln erregen. Aber bald wird er selber lächeln und es besser wissen. Und jedermann, der zu keiner andern Beschränkung sich verstehen mag, versuche es mit der Gewohnheit, mindestens einmal in der Woche um 10 Uhr schlafen zu gehen. Er wird sich wundern, wie glänzend dieser kleine Verlust an Zeit und Genuß sich ersetzt. Mit der Gewohnheit des Maßhaltens ist die Genußfähigkeit für die »kleinen Freuden« innig verknüpft. Denn diese Fähigkeit, ursprünglich jedem Menschen eingeboren, setzt

Dinge voraus, die im modernen Tagesleben vielfach verkümmert und verlorengegangen sind, nämlich ein gewisses Maß von Heiterkeit, von Liebe und von Poesie. Diese kleinen Freuden, namentlich dem Armen geschenkt, sind so unscheinbar und sind so zahlreich ins tägliche Leben gestreut, daß der dumpfe Sinn unzähliger Arbeitsmenschen kaum noch von ihnen berührt wird. Sie fallen nicht auf, sie werden nicht angepriesen, sie kosten kein Geld! (Sonderbarerweise wissen gerade auch die Armen nicht, daß die schönsten Freuden immer die sind, die kein Geld kosten.)
Unter diesen Freuden stehen diejenigen obenan, welche uns die tägliche Berührung mit der Natur erschließt. Unsere Augen vor allem, die viel mißbrauchten, überangestrengten Augen des modernen Menschen, sind, wenn man nur will, von einer ganz unerschöpflichen Genußfähigkeit. Wenn ich morgens zu meiner Arbeit gehe, eilen mit mir und mir entgegen täglich zahlreiche andere Arbeiter, eben aus dem Schlaf und Bett gekrochen, schnell und fröstelnd über die Straßen. Die meisten gehen rasch und halten die Augen auf den Weg oder höchstens auf die Kleider und Gesichter der Vorübergehenden gerichtet. Kopf hoch, liebe Freunde! Versucht es einmal – ein Baum oder mindestens ein gutes Stück Himmel ist überall zu sehen. Es muß durchaus kein blauer Himmel sein, in irgendeiner Weise läßt sich das Licht der Sonne immer fühlen.

Gewöhnt euch daran, jeden Morgen einen Augenblick nach dem Himmel zu sehen, und plötzlich werdet ihr die Luft um euch her spüren, den Hauch der Morgenfrische, der euch zwischen Schlaf und Arbeit gegönnt ist. Ihr werdet finden, daß jeder Tag und jeder Dachgiebel sein eigenes Aussehen, seine besondere Beleuchtung hat. Achtet ein wenig darauf, und ihr werdet für den ganzen Tag einen Rest von Wohlgefallen und ein kleines Stück Zusammenleben mit der Natur haben. Allmählich erzieht sich das Auge ohne Mühe selber zum Vermittler vieler kleiner Reize, zum Betrachten der Natur, der Straßen, zum Erfassen der unerschöpflichen Komik des kleinen Lebens. Von da bis zum künstlerisch erzogenen Blick ist die kleinere Hälfte des Weges, die Hauptsache ist der Anfang, das Augenaufmachen.

Ein Stück Himmel, eine Gartenmauer, von grünen Zweigen überhangen, ein tüchtiges Pferd, ein schöner Hund, eine Kindergruppe, ein schöner Frauenkopf – das alles wollen wir uns nicht rauben lassen. Wer den Anfang gemacht hat, der kann innerhalb einer Straßenlänge köstliche Dinge sehen, ohne eine Minute Zeit zu verlieren. Dabei ermüdet dieses Sehen keineswegs, sondern stärkt und erfrischt, und nicht nur das Auge. Alle Dinge haben eine anschauliche Seite, auch interesselose oder häßliche; man muß nur sehen wollen.

Und mit dem Sehen kommt die Heiterkeit, die

Liebe, und die Poesie. Der Mann, der zum erstenmal eine kleine Blume abbricht, um sie während der Arbeit in seiner Nähe zu haben, hat einen Fortschritt in der Lebensfreude gemacht.
Einem Hause, in welchem ich längere Zeit arbeitete, lag eine Mädchenschule gegenüber. Die Klasse der etwa Zehnjährigen hatte auf dieser Seite ihren Spielplatz. Ich hatte tüchtig zu arbeiten und litt jeweils auch unter dem Lärm der spielenden Kinder, aber wieviel Freude und Lebenslust ein einziger Blick auf diesen Spielplatz mir gewährte, ist nicht zu sagen. Diese farbigen Kleider, diese lebhaften, lustigen Augen, diese schlanken, kräftigen Bewegungen erhöhten in mir die Lust am Leben. Eine Reitschule oder ein Hühnerhof hätte mir vielleicht ähnliche Dienste getan. Wer die Wirkungen des Lichtes auf einer einfarbigen Fläche, etwa einer Hauswand, einmal beobachtet hat, der weiß, wie genügsam und genußfähig das Auge ist.
Wir wollen uns mit diesen Beispielen begnügen. Manchem Leser sind gewiß schon viele andere kleine Freuden eingefallen, etwa die besonders herrliche des Riechens an einer Blume oder an einer Frucht, des Horchens auf die eigene und auf fremde Stimmen, des Belauschens von Kindergesprächen. Auch das Summen oder Pfeifen einer Melodie gehört hierher und tausend andere Kleinigkeiten, aus denen man eine helle Kette von kleinen Genüssen in sein Leben flechten kann.

Jeden Tag so viel nur möglich von den kleinen Freuden erleben und die größeren, anstrengenden Genüsse sparsam auf Ferientage und gute Stunden verteilen, das ist es, was ich jedem raten möchte, der an Zeitmangel und Unlust leidet. Zur Erholung vor allem, zur täglichen Erlösung und Entlastung sind uns die kleinen, nicht die großen Freuden gegeben.

(1899)

Reiselied

Sonne leuchte nur ins Herz hinein,
Wind verweh mir Sorgen und Beschwerden!
Tiefre Wonne weiß ich nicht auf Erden,
Als im Weiten unterwegs zu sein.

Nach der Ebne nehm ich meinen Lauf,
Sonne soll mich sengen, Meer mich kühlen;
Unsrer Erde Leben mitzufühlen,
Tu ich alle Sinne festlich auf.

Und so soll mir jeder neue Tag
Neue Freunde, neue Brüder weisen,
Bis ich leidlos alle Kräfte preisen,
Aller Sterne Gast und Freund sein mag.

[Schönheit und Schwermut der Wolken]

Berge, See, Sturm und Sonne waren meine Freunde, erzählten mir und erzogen mich und waren mir lange Zeit lieber und bekannter als irgend Menschen und Menschenschicksale. Meine Lieblinge aber, die ich dem glänzenden See und den traurigen Föhren und sonnigen Felsen vorzog, waren die Wolken.

Zeigt mir in der weiten Welt den Mann, der die Wolken besser kennt und mehr lieb hat als ich! Oder zeigt mir das Ding in der Welt, das schöner ist als Wolken sind! Sie sind Spiel und Augentrost, sie sind Segen und Gottesgabe, sie sind Zorn und Todesmacht. Sie sind zart, weich und friedlich wie die Seelen von Neugeborenen, sie sind schön, reich und spendend wie gute Engel, sie sind dunkel, unentrinnbar und schonungslos wie die Sendboten des Todes. Sie schweben silbern in dünner Schicht, sie segeln lachend weiß mit goldenem Rand, sie stehen rastend in gelben, roten und bläulichen Farben. Sie schleichen finster und langsam wie Mörder, sie jagen sausend kopfüber wie rasende Reiter, sie hängen traurig und träumend in bleichen Höhen wie schwermütige Einsiedler. Sie haben die Formen von seligen Inseln und die Formen von segnenden Engeln, sie gleichen drohenden Händen, flatternden Segeln, wandernden Kranichen. Sie schweben zwischen Gottes Himmel und der armen Erde als schöne Gleichnisse aller Menschensehnsucht, beiden angehörig – Träume der Erde, in welchen sie ihre befleckte Seele an den reinen Himmel schmiegt. Sie sind das ewige Sinnbild alles Wanderns, alles Suchens, Verlangens und Heimbegehrens. Und so, wie sie zwischen Erde und Himmel zag und sehnend und trotzig hängen, so hängen zag und sehnend und trotzig die Seelen der Menschen zwischen Zeit und Ewigkeit.

Oh, die Wolken, die schönen, schwebenden, rastlosen! Ich war ein unwissendes Kind und liebte sie, schaute sie an und wußte nicht, daß auch ich als eine Wolke durchs Leben gehen würde – wandernd, überall fremd, schwebend zwischen Zeit und Ewigkeit. Von Kinderzeiten her – sind sie mir liebe Freundinnen und Schwestern gewesen. Ich kann nicht über die Gasse gehen, so nicken wir einander zu, grüßen uns und verweilen einen Augenblick Aug in Auge. Auch vergaß ich nicht, was ich damals von ihnen lernte: ihre Formen, ihre Farben, ihre Züge, ihre Spiele, Reigen, Tänze und Rasten, und ihre seltsam irdisch-himmlischen Geschichten [...]

Bald kam auch die Zeit, daß ich mich den Wolken nähern, zwischen sie treten und manche aus ihrer Schar von oben betrachten durfte. Ich war zehn Jahre alt, als ich den ersten Gipfel erstieg, den Sennalpstock, an dessen Fuß unser Dörflein Nimikon liegt. Da sah ich denn zum erstenmal die Schrekken und die Schönheiten der Berge. Tiefgerissene Schluchten, voll von Eis und Schneewasser, grünläserne Gletscher, scheußliche Moränen, und über allem wie eine Glocke hoch und rund der Himmel. Wenn einer zehn Jahre lang zwischen Berg und See geklemmt gelebt hat und rings von nahen Höhen eng umdrängt war, dann vergißt er den Tag nicht, an dem zum erstenmal ein großer, breiter Himmel über ihm und vor ihm ein unbegrenzter Horizont lag. Schon beim Aufstieg war ich erstaunt, die mir von unten her wohlbekannten Schroffen und Felswände so überwältigend groß zu finden. Und nun sah ich, vom Augenblick ganz bezwungen, mit Angst und Jubel plötzlich die ungeheure Weite auf mich hereindringen. So fabelhaft groß war also die Welt! Unser ganzes Dorf, tief unten verloren liegend, war nur noch ein kleiner heller Fleck. Gipfel, die man vom Tale aus für eng benachbart hielt, lagen viele Stunden weit auseinander.

Da fing ich an zu ahnen, daß ich nur erst ein schmales Blinzeln, noch kein gediegenes Schauen von der Welt gehabt hatte und daß da draußen Berge stehen und fallen und große Dinge geschehen konnten, von denen auch nicht die leiseste Kunde je in unser abgetrenntes Bergloch kam. Zugleich aber zitterte etwas in mir, gleich dem Zeiger des Kompasses mit unbewußtem Streben mächtig jener großen Ferne entgegen. Und nun verstand ich auch die Schönheit und Schwermut der Wolken erst ganz, da ich sah, in was für endlose Fernen sie wanderten.

(Aus »Peter Camenzind«, entstanden 1903)

Weiße Wolken

O schau, sie schweben wieder
Wie leise Melodien
Vergessener schöner Lieder
Am blauen Himmel hin!

Kein Herz kann sie verstehen,
Dem nicht auf langer Fahrt
Ein Wissen von allen Wehen
Und Freuden des Wanderns ward.

Ich liebe die Weißen, Losen
Wie Sonne, Meer und Wind,
Weil sie der Heimatlosen
Schwestern und Engel sind.

Über das Reisen

Als mir nahegelegt wurde, etwas über die Poesie des Reisens zu schreiben, schien es mir im ersten Augenblicke verlockend, einmal von Herzen über die Scheußlichkeiten des modernen Reisebetriebes zu schimpfen, über die sinnlose Reisewut an sich, über die öden modernen Hotels, über Fremdenstädte wie Interlaken, über Engländer und Berliner, über den verschandelten und maßlos teuer gewordenen badischen Schwarzwald, über das Geschmeiß von Großstädtern, die in den Alpen leben wollen wie zu Hause, über die Tennisplätze von Luzern, über Gastwirte, Kellner, Hotelsitten und Hotelpreise, verfälschte Landweine und Volkstrachten. Aber als ich einmal in der Bahn zwischen Verona und Padua einer deutschen Familie meine diesbezüglichen Ansichten nicht vorenthielt, wurde ich mit kühler Höflichkeit ersucht, zu schweigen; und als ich ein andermal in Luzern einen niederträchtigen Kellner ohrfeigte, wurde ich nicht ersucht, sondern tätlich gezwungen, das Haus mit unschöner Eile zu verlassen. Seither lernte ich mich beherrschen.

Auch fällt mir ein, daß ich doch im Grunde auf allen meinen kleinen Reisen überaus vergnügt und befriedigt war und von jeder irgend einen großen oder kleinen Schatz mitgebracht habe. Wozu also schimpfen?

Über die Frage, wie der moderne Mensch reisen solle, gibt es viele Bücher und Büchlein, aber meines Wissens keine guten. Wenn jemand eine Lustreise unternimmt, sollte er doch eigentlich wissen, was er tut und warum er es tut. Der reisende Städter von heute weiß es nicht. Er reist, weil es Sommers in der Stadt zu heiß wird. Er reist, weil er im Wechsel der Luft, im Anblick anderer Umgebungen und Menschen ein Ausruhen von ermüdender Arbeit zu finden hofft. Er reist in die Berge, weil eine dunkle Sehnsucht nach Natur, nach Erde und Gewächs ihn mit unverstandenem Verlangen quält; er reist nach Rom, weil es zur Bildung gehört. Hauptsächlich aber reist er, weil alle seine Vettern und Nachbarn auch reisen, weil man nachher davon reden und damit großtun kann, weil das Mode ist und weil man sich nachher zu Hause wieder so schön behaglich fühlt.

Das alles sind ja begreifliche und honette Motive. Aber warum reist Herr Krakauer nach Berchtesgaden, Herr Müller nach Graubünden, Frau Schilling nach Sankt Blasien? Herr Krakauer tut es, weil er so viele Bekannte hat, die auch immer nach Berchtesgaden gehen, Herr Müller weiß, daß Graubünden weit von Berlin liegt und in Mode ist, und Frau Schilling hat gehört, in Sankt Blasien sei die Luft so gut. Alle drei könnten ihre Reisepläne und Routen vertauschen, und es wäre ganz dasselbe. Bekannte kann man überall haben, sein Geld kann man überall loswerden, und an Orten mit guter Luft ist Europa unermeßlich reich. Warum also gerade Berchtesgaden? Oder Sankt Blasien? Hier liegt der Fehler. Reisen sollte stets Erleben bedeuten, und etwas Wertvolles erleben kann man nur in Umgebungen, zu welchen man seelische Beziehungen hat. Ein gelegentlicher hübscher Ausflug, ein fideler Abend in irgend einem Wirtsgarten, eine Dampferfahrt auf einem beliebigen See sind an sich keine Erlebnisse, keine Bereicherungen unseres Lebens, keine mit stetiger Kraft fortwirkenden Anregungen. Sie können dazu werden, aber kaum für die Herren Krakauer und Müller.

Vielleicht gibt es für diese Leute überhaupt keinen Ort auf der Erde, zu welchem sie tiefere Beziehungen haben. Es gibt für sie kein Land, keine Küste oder Insel, keinen Berg, keine alte Stadt, von der sie mit Ahnungskraft gezogen werden, deren Anblick ihnen Lieblingsträume erfüllt und deren Kennenlernen ihnen ein Schätzesammeln bedeutet. Trotzdem könnten sie glücklicher und schöner reisen, wenn doch einmal gereist sein muß. Sie müßten vor der Reise, sei es auch nur auf der Landkarte, sich wenigstens flüchtig über das Wesentliche des Landes und Ortes, wohin sie fahren, unterrichten, über das Verhältnis, in welchem seine Lage, seine Bodengestalt, sein Klima und Volk zur Heimat und gewohnten Umgebung des Reisenden steht. Und während des Aufenthaltes am fremden Orte müßten sie versuchen, sich in das Charakteristische der Gegend einzufühlen. Sie müßten Berge, Wasserfälle, Städte nicht nur im Vorbeigehen als Effektstücke anstaunen, sondern jedes an seinem Orte als notwendig und gewachsen und darum als schön erkennen lernen.

Wer hierzu den guten Willen hat, kommt leicht von selber auf die schlichten Geheimnisse der Reisekunst. Er wird nicht in Syrakus Münchener Bier trinken wollen und es, wenn er es je dort bekommt, schal und teuer finden. Er wird nicht in fremde Länder reisen, ohne deren Sprache einigermaßen zu verstehen. Er wird nicht Landschaft, Menschen, Sitten, Küche und Weine der Fremde nach dem Maßstabe seiner Heimat messen und den Venetianer schneidiger, den Neapolitaner stiller, den Berner höflicher, den Chianti süßer, die Riviera kühler, die Lagunenküste steiler wünschen. Er wird versuchen, seine Lebensweise dem Brauch und Charakter des Ortes anzupassen, er wird in Grindelwald früh und in Rom spät aufstehen usw. Und er wird namentlich überall versuchen, sich dem Volke zu nähern und es zu verstehen. Er wird also nicht in internationaler Reisegesellschaft verkehren und nicht in internationalen Hotels wohnen, sondern in Gasthöfen, deren Wirte und Angestellte Einheimische sind, oder noch besser bei Privatleuten, in deren häuslichem Leben er ein Bild des Volkslebens hat.

Man würde es unsäglich lächerlich finden, wenn ein Reisender in Afrika sich mit Gehrock und Zylinder aufs Kamel setzen wollte. Aber man findet es selbstverständlich, in Zermatt oder Wengen Pariser Kostüme zu tragen, in französischen Städten deutsch zu reden, in Göschenen Rheinwein zu trinken und in Orvieto dieselben Speisen zu essen wie in Leipzig. Wenn du diese Art von Reisenden nach dem Berner Oberland fragst, so sprechen sie entrüstet über die hohen Fahrpreise der Jungfraubahn, und wenn du sie auf Sizilien zu sprechen bringst, so erfährst du, daß es dort keine heizbaren Zimmer gebe, daß man aber in Taormina eine vorzügliche französische Küche antreffe. Fragst du nach dem dortigen Volk und Leben, so erzählen sie dir, man trage daselbst unendlich komische Trachten und rede einen völlig unverständlichen Dialekt.

Genug davon. Ich wollte ja von der Schönheit des Reisens reden, nicht von der Unvernunft der meisten Reisenden.

Die Poesie des Reisens liegt nicht im Ausruhen vom heimischen Einerlei, von Arbeit und Ärger, nicht im zufälligen Zusammensein mit anderen Menschen und im Betrachten anderer Bilder. Sie liegt auch nicht in der Befriedigung einer Neugierde. Sie liegt im Erleben, das heißt im Reicherwerden, im organischen Angliedern von Neuerworbenem, im Zunehmen unseres Verständnisses für die Einheit im Vielfältigen, für das große Gewebe der

Erde und Menschheit, im Wiederfinden von alten Wahrheiten und Gesetzen unter ganz neuen Verhältnissen.

Dazu kommt das, was ich speziell die Romantik des Reisens nennen möchte: das Mannigfache der Eindrücke, das beständige heitere oder bängliche Warten auf Überraschungen, vor allem aber das Köstliche des Verkehrs mit Menschen, die uns neu und fremd sind. Der musternde Blick des Portiers oder Kellners ist in Berlin derselbe wie in Palermo, aber den Blick des rhätischen Hirtenknaben, den du auf einer abseitigen Graubündener Weide überraschtest, vergißt du nicht. Du vergißt auch nicht die kleine Familie in Pistoja, bei der du einmal zwei Wochen gewohnt hast. Vielleicht entfallen dir die Namen, vielleicht erinnerst du dich der kleinen Schicksale und Sorgen jener Menschen nimmer deutlich, aber du wirst nie vergessen, wie du erst den Kindern, dann der blassen kleinen Frau, danach dem Manne oder dem Großvater in einer glücklichen Stunde näher kamst. Denn du hattest mit ihnen nicht über wohlbekannte Dinge zu reden, nicht an Altes und Gemeinsames anzuknüpfen, du warst ihnen so neu und fremd wie sie dir und du mußtest das Konventionelle ablegen, aus dir selbst schöpfen und auf die Wurzeln deines Wesens zurückgehen, um ihnen etwas sagen zu können. Du sprachst mit ihnen vielleicht über Kleinigkeiten, aber du sprachst mit ihnen als Mensch zu

Menschen, tastend und fragend, mit dem Wunsche, diese Fremden ein wenig verstehen zu lernen, dir ein Stück ihres Wesens und Lebens zu erobern und mit dir zu nehmen.

Wer in fremden Landschaften und Städten nicht lediglich dem Berühmten, Auffallendsten nachgeht, sondern Verlangen trägt, das Eigentliche, Tiefere zu verstehen und mit Liebe zu erfassen, in dessen Erinnerung werden meistens Zufälligkeiten, Kleinigkeiten einen besonderen Glanz haben. Wenn ich an Florenz denke, sehe ich als erstes Bild nicht den Dom oder den alten Palast der Signorie, sondern den kleinen Goldfischteich im Giardino Boboli, wo ich an meinem ersten Florentiner Nachmittag ein Gespräch mit einigen Frauen und ihren Kindern hatte, zum erstenmal die Florentiner Sprache vernahm und die mir aus so viel Büchern vertraute Stadt zum erstenmal als etwas Wirkliches und Lebendes empfand, mit dem ich reden und das ich mit Händen fassen konnte. Der Dom und der alte Palast und alles Berühmte von Florenz ist mir darum nicht entgangen; ich glaube es besser erlebt und mir herzlicher zu eigen gemacht zu haben, als viele fleißige Baedekertouristen, es wächst mir aus lauter kleinen, nebensächlichen Erlebnissen sicher und einheitlich heraus, und wenn ich ein paar schöne Bilder der Uffizien vergaß, so habe ich dafür die Erinnerung an Abende, die ich mit der Hauswirtin in der Küche, und an Nächte, die ich mit Burschen

und Männern in kleinen Weinschenken verplauderte, und an den gesprächigen Vorstadtschneider, der mir unter seiner Haustüre die zerrissenen Hosen auf dem Leibe flickte und mir dazu feurige politische Reden, Opernmelodien und fidele Volksliedchen zum besten gab. Solche Bagatellen werden oft zum Kern wertvoller Erinnerungen. Dadurch, daß ich dort einen Faustkampf mit einem in die Wirtstochter verliebten Burschen bestand, ist mir das hübsche Städtchen Zofingen trotz der Kürze meines Dortseins – es waren zwei Stunden – unvergeßlich. Das reizende Dorf Hammerstein, südlich vom badischen Blauen, stände mir nicht mit allen Dächern und Gassen so klar und schön vor der Erinnerung, wenn ich es nicht einst spät am Abend nach einer langen, schlimmen Irrwanderung im Wald unvermutet erreicht hätte. Ich sah es ganz plötzlich und unvermutet, da ich um einen Bergvorsprung bog, in der Tiefe unter mir liegen, still und schläfernd und Haus an Haus geschmiegt, und dahinter stand der eben aufgehende Mond. Wäre ich auf der bequemen Landstraße hingekommen und durchgewandert, so wüßte ich nichts mehr davon. So war ich nur eine Stunde dort und besitze es als ein schönes, liebes Bild für Lebenszeit. Und mit dem Bilde dieses Dörfleins besitze ich die lebendige Vorstellung einer ganzen, eigenartigen Landschaft.
Wer je in jungen Jahren mit wenig Geld und ohne Gepäck ein gutes Stück gewandert ist, kennt diese

Eindrücke wohl. Eine im Kleefeld oder im frischen Heu verbrachte Nacht, ein in entlegener Sennhütte erbetteltes Stück Brot und Käse, ein unvermutetes Eintreffen im Wirtshaus bei einer dörflichen Hochzeit, zu deren Mitfeier man eingeladen wurde, das bleibt fest im Gedächtnis. Allein es soll über dem Zufälligen nicht das Wesentliche, über der Romantik nicht die Poesie vergessen werden. Sich unterwegs treiben lassen und auf den lieben Zufall vertrauen, ist gewiß eine gute Praxis, aber einen festen, bestimmten Inhalt und Sinn muß jede Reise haben, wenn sie erfreulich und im tieferen Sinn ein Erlebnis sein soll. Aus Langeweile und fader Neugierde in Ländern umher zu bummeln, deren inneres Wesen einem fremd und gleichgültig ist und bleibt, ist sündlich und lächerlich. Ebenso wie eine Freundschaft oder Liebe, die man pflegt und der man Opfer bringt, wie ein Buch, das man mit Bedacht auswählt und kauft und liest, ebenso muß jede Vergnügungs- oder Studienreise ein Liebhaben, Lernenwollen, Sichhingeben bedeuten. Sie muß den Zweck haben, ein Land und Volk, eine Stadt oder Landschaft dem Wanderer zum seelischen Besitz zu machen, er muß mit Liebe und Hingabe das Fremde belauschen und sich mit Ausdauer um das Geheimnis seines Wesens bemühen. Der reiche Wursthändler, der aus Protzerei und Bildungsmißverstand nach Paris und Rom fährt, hat nichts davon. Wer aber lange, heiße Jugendjahre lang die

Sehnsucht nach den Alpen oder nach dem Meere oder nach den alten Städten Italiens in sich getragen und endlich Reisezeit und Reisegeld sich knapp erspart hat, der wird jeden Meilenstein und jede sonnige, von Kletterrosen überhangene Klostermauer und jeden Schneegipfel und Meeresstrich der Fremde mit Leidenschaft an sich reißen und nicht vom Herzen lassen, ehe er die Sprache dieser Dinge verstand, ehe ihm das Tote lebendig und das Stumme redend geworden ist. Er wird in einem Tage unendlich viel mehr erleben und genießen als ein Modereisender in Jahren, und er wird für Lebenszeit einen Schatz von Freude und Verständnis und beglückender Sättigung mitbringen.
Wer Geld und Zeit nicht zu sparen braucht und Lust am Reisen hat, dem müßte es ein treibendes Bedürfnis sein, die Länder, in welchen er für sein Auge und Herz Begehrenswertes ahnt, Teil für Teil sich zu eigen zu machen und in langsamem Lernen und Genießen sich ein Stück Welt zu erobern, in vielen Ländern Wurzel zu schlagen und aus Ost und West Steine zum schönen Gebäude eines umfassenden Verständnisses der Erde und ihres Lebens zu sammeln.

Ich verkenne nicht, daß die Mehrzahl unserer heutigen Lustreisenden aus ermüdeten Städtern besteht, die kein anderes Verlangen haben, als für eine Weile die erfrischende und tröstende Nähe des

Naturlebens zu fühlen. Von »Natur« reden sie gern und haben eine gewisse halb ängstliche, halb gönnerhafte Liebe zu ihr. Aber wo suchen sie sie und wieviele finden sie?
Es ist ein sehr verbreiteter Irrtum, zu meinen, man brauche nur an einen schönen Ort zu reisen, um der »Natur« nahe zu sein und ihre Kräfte und Tröstungen zu kosten. Es ist ja klar, daß dem seinen heißen Straßen entlaufenen Großstädter die Kühle und Reinheit der Luft am Meer oder in den Bergen wohl tun muß. Damit begnügt er sich. Er fühlt sich frischer, atmet tiefer, schläft besser und kehrt dankbar heim im Glauben, er habe die »Natur« nun so recht genossen und in sich gesogen. Er weiß nicht, daß er nur das Flüchtigste, Unwesentlichste davon aufgenommen und verstanden hat, daß er das Beste unentdeckt am Wege liegen ließ. Er versteht nicht zu sehen, zu suchen, zu reisen.
Der Glaube, es sei viel einfacher und leichter, ein Stück Schweiz oder Tirol oder Nordsee oder Schwarzwald in sich aufzunehmen als etwa eine gediegene Vorstellung von Florenz oder Siena zu erwerben, ist grundfalsch. Die Leute, welchen von Florenz nichts als der Turm des *palazzo vecchio* und die Domkuppel in der Erinnerung haften blieb, werden auch von Schliersee nur den Umriß des Wendelstein und von Luzern nichts als ein Bild des Pilatus und einen Dunst von Seebläue mitnehmen und nach wenig Wochen an echtem Seelen-

besitz so arm sein wie zuvor. Die Natur wirft sich einem so wenig vor die Füße wie Kultur und Kunst und fordert gerade vom ungeschulten Stadtmenschen unendliche Hingabe, ehe sie sich entschleiert und ihm zu eigen gibt.
Es ist schön, mit der Bahn oder im Postwagen über den Gotthard, Brenner oder Simplon zu reisen und es ist schön, die Riviera entlang von Genua bis Livorno oder im Lagunenschiff von Venedig nach Chioggia zu fahren. Aber ein sicherer Besitz bleibt von solchen Eindrücken selten zurück. Nur hervorragend feine und durchgebildete Menschen sind fähig, das Charakteristische einer größeren Landschaft im flüchtigen Vorüberstreifen zu erfassen und festzuhalten. Den meisten bleibt nur ein allgemeiner Eindruck von Meerluft, Wasserblau und Uferumrissen, und auch der ist bald verwischt wie die Erinnerung an ein Theaterbild. Fast allen Teilnehmern an den beliebten Gesellschaftsreisen durchs Mittelmeer geht es so.
Man muß nicht alles sehen und kennen wollen. Wer zwei Berge und Täler der Schweizer Alpen gründlich durchstreift hat, kennt die Schweiz besser als wer mit einer Rundkarte in derselben Zeit das ganze Land bereiste. Ich war wohl fünfmal in Luzern und Vitznau und hatte den Vierwaldstätter See noch immer nicht innig begriffen und erfaßt, bis ich nicht sieben Tage einsam im Ruderboot auf ihm zubrachte, jede Bucht befuhr und jede Perspektive

ausprobte. Seither gehört er mir, seither kann ich in jeder beliebigen Stunde, ohne Bilder und Karten jeden seiner kleinsten Teile mir untrüglich vorstellen und von neuem lieben und genießen: Form und Vegetation der Ufer, Gestalt und Höhe der Berge, jedes einzelne Dorf mit Kirchturm und Schiffländе, die Farben und Spiegelungen des Wassers zu jeder Tagesstunde. Auf Grund dieser sinnlich deutlichen Vorstellung erst ward es mir dann möglich, auch die dortigen Menschen zu verstehen, Gehaben und Mundarten der Uferdörfer, typische Gesichter und Familiennamen, Charakter und Geschichte der einzelnen Städtchen und Kantone zu unterscheiden und zu verstehen.
Und die venezianische Lagune wäre mir, trotz meiner eifrigen Liebe für Venedig, noch heute eine fremde, sonderbare, unbegriffene Kuriosität, wenn ich nicht einst, des blöden Hinstarrens müde, für acht Tage und Nächte das Boot und Brot und Bett eines Fischers von Torcello geteilt hätte. Ich ruderte an den Inseln entlang, watete mit dem Handnetz durch die braunen Schlammbänke, lernte Wasser, Gewächs und Getier der Lagune kennen, atmete und beobachtete ihre eigentümliche Luft, und seither ist sie mir vertraut und befreundet. Jene acht Tage hätte ich vielleicht für Tizian und Veronese verwenden können, aber ich habe in jenem Fischerboot mit dem goldbraunen Dreiecksegel Tizian und Veronese besser verstehen gelernt als in der

Akademie und im Dogenpalast. Und nicht nur die paar Bilder, sondern das ganze Venedig ist mir nun kein schönes banges Rätsel mehr, sondern eine viel schönere, mir zugehörende Wirklichkeit, an die ich das Recht des Verstehenden habe.

Vom trägen Anschauen eines goldenen Sommerabends und vom lässig wohligen Einatmen einer leichten, reinen Bergluft bis zum innigen Verständnis für Natur und Landschaft ist noch ein weiter Weg. Es ist herrlich, auf einer sonnenwarmen Wiese hingestreckt, träge Ruhestunden zu verliegen. Aber den vollen, hundertmal tieferen und edleren Genuß davon hat nur der, dem diese Wiese samt Berg und Bach, Erlengebüsch und fernragender Gipfelkette ein vertrautes, wohlbekanntes Stück Erde ist. Aus einem solchen Stücklein Boden seine Gesetze zu lesen, die Notwendigkeit seiner Gestaltung und Vegetation zu durchschauen, sie im Zusammenhang mit der Geschichte, dem Temperament, der Bauart und Sprechweise und Tracht des dort heimischen Volkes zu fühlen, das fordert Liebe, Hingabe, Übung. Aber solche Mühen lohnen sich. In einem Lande, das du dir mit Eifer und Liebe vertraut und zu eigen gemacht hast, gibt dir jede Wiese und jeder Fels, an dem du rastest, alle seine Geheimnisse her und nährt dich mit Kräften, die er anderen nicht gönnt.

Ihr sagt, es könne doch nicht jedermann den Fleck Erde, auf dem er eine Woche lebt, als Geolog, Historiker, Dialektforscher, Botaniker und Ökonom studieren. Natürlich nicht. Es liegt am Fühlen, nicht am Namenwissen. Wissenschaft hat noch niemand selig gemacht. Wer aber das Bedürfnis kennt, keine leeren Schritte zu tun, sich beständig im Ganzen lebend und im Weben der Welt einbegriffen zu fühlen, dem gehen überall schnell die Augen auf für das Charakteristische, Echte, Bodenständige. Er wird überall in Erde, Bäumen, Bergformen, Tieren und Menschen eines Landes das Gemeinsame herausfühlen und sich an dieses halten, statt Zufälligkeiten nachzulaufen. Er wird finden, daß dieses Gemeinsame, Typische sich noch in den kleinsten Blumen, in den zartesten Luftfärbungen, in den leichtesten Nuancen der Mundart, der Bauformen, der Volkstänze und Lieder äußert, und je nach seiner Veranlagung wird ihm ein volkstümliches Witzwort oder ein Laubgeruch oder ein Kirchturm oder ein kleines rares Blümlein zur Formel werden, welche für ihn das ganze Wesen einer Landschaft knapp und sicher umschließt. Und solche Formeln vergißt man nicht.

Hiermit genug. Nur das möchte ich noch sagen, daß ich an ein spezielles »Talent zum Reisen«, von dem man oft reden hört, nicht glaube. Die Menschen, denen auf Reisen Fremdes schnell und freundlich vertraut wird und die ein Auge fürs Echte und Wertvolle haben, das sind dieselben, welche im Leben überhaupt einen Sinn erkannt haben und ihrem Stern zu folgen wissen. Ein starkes Heimweh nach den Quellen des Lebens, ein Verlangen, sich mit allem Lebendigen, Schaffenden, Wachsenden befreundet und eins zu fühlen, ist ihr Schlüssel zu den Geheimnissen der Welt, welchem sie nicht nur auf Reisen in ferne Länder, sondern ebenso im Rhythmus des täglichen Lebens und Erlebens begierig und beglückt nachgehen.

(1904)

[Sommerferien]

So müssen Sommerferien sein! Über den Bergen ein enzianblauer Himmel, wochenlang ein strahlend heißer Tag am andern, nur je und je ein heftiges, kurzes Gewitter. Der Fluß, obwohl er seinen Weg durch so viele Sandsteinfelsen und Tannenschatten und enge Täler hat, war so erwärmt, daß man noch spät am Abend baden konnte. Rings um das Städtchen her war Heu- und Öhmdgeruch, die schmalen Bänder der paar Kornäcker wurden gelb und goldbraun, an den Bächen geilten mannshoch die weißblühenden, schierlingartigen Pflanzen, deren Blüten schirmförmig und stets von winzigen Käfern bedeckt sind und aus deren hohlen Stengeln man Flöten und Pfeifen schneiden kann. An den Waldrändern prunkten lange Reihen von wolligen, gelbblühenden, majestätischen Königskerzen, Weiderich und Weidenröschen wiegten sich auf ihren schlanken, zähen Stielen und bedeckten ganze Abhänge mit ihrem violetten Rot. Innen unter den Tannen stand ernst und schön und fremdartig der hohe, steile, rote Fingerhut mit den silberwolligen breiten Wurzelblättern, dem starken Stengel und den hochaufgereihten, schönroten Kelchblüten. Daneben die vielerlei Pilze: der rote, leuchtende Fliegenschwamm, der fette, breite Steinpilz, der abenteuerliche Bocksbart, der rote, vielästige Korallenpilz und der sonderbar farblose, kränklich feiste Fichtenspargel. Auf den vielen heidigen Rainen zwischen Wald und Wiese flammte brandgelb der zähe Ginster, dann kamen lange, lilarote Bänder von Erika, dann die Wiesen selber, zumeist schon vor dem zweiten Schnitte stehend, von Schaumkraut, Lichtnelken, Salbei, Skabiosen farbig überwuchert. Im Laubwald sangen die Buchfinken ohne Aufhören, im Tannenwald rannten fuchsrote Eichhörnchen durch die Wipfel, an Rainen, Mauern und trockenen Gräben atmeten und schimmerten grüne Eidechsen wohlig in der Wärme und über die Wiesen hin läuteten endlos die hohen, schmetternden, nie ermüdenden Zikadenlieder.

Die Stadt machte um diese Zeit einen sehr bäuerlichen Eindruck; Heuwagen, Heugeruch und Sensendengeln erfüllte die Straßen und Lüfte; wenn nicht die zwei Fabriken gewesen wären, hätte man geglaubt, in einem Dorf zu sein.

Früh am Morgen des ersten Ferientages stand Hans schon ungeduldig in der Küche und wartete auf den Kaffee, als die alte Anna noch kaum aufgestanden war. Er half Feuer machen, holte Brot vom Bäcker, stürzte schnell den mit frischer Milch gekühlten Kaffee hinunter, steckte Brot in die Tasche und lief davon. Am oberen Bahndamm machte er halt, zog eine runde Blechschachtel aus der Hosentasche und begann fleißig Heuschrecken zu fangen. Die Eisenbahn lief vorüber – nicht im Sturm, denn die Linie steigt dort gewaltig, sondern schön behaglich, mit lauter offenen Fenstern und wenig Passagieren, eine lange, fröhliche Fahne von Rauch und Dampf hinter sich flattern lassend. Er sah ihr nach und sah zu, wie der weißliche Rauch verwirbelte und sich bald in die sonnigen, frühklaren Lüfte verlor. Wie lang hatte er das alles nicht mehr gesehen! Er tat große Atemzüge, als wolle er die verlorene schöne Zeit nun doppelt einholen und noch einmal recht ungeniert und sorgenlos ein kleiner Knabe sein.

Das Herz klopfte ihm vor heimlicher Wonne und Jägerlust, als er mit der Heuschreckenschachtel und dem neuen Angelstock über die Brücke und hinten durch die Gärten zum Gaulsgumpen, der tiefsten Stelle des Flusses, schritt. Dort war ein Platz, wo man, an einen Weidenstamm gelehnt, bequemer und ungestörter fischen konnte als sonst irgendwo. Er wickelte die Schnur ab, tat ein kleines Schrotkorn daran, spießte erbarmungslos eine feiste Heuschrecke auf den Haken und schleuderte die Angel mit weitem Schwung gegen die Flußmitte. Das alte, wohlbekannte Spiel begann: die kleinen Blecken schwärmten in ganzen Scharen um den Köder und versuchten ihn vom Haken zu zerren. Bald war er weggefressen, eine zweite Heuschrecke kam an die Reihe, und noch eine, und eine vierte und fünfte. Immer vorsichtiger befestigte er sie am Haken, schließlich beschwerte er die Schnur mit einem weiteren Schrotkorn, und nun probierte der erste ordentliche Fisch den Köder. Er zerrte ein wenig daran, ließ ihn wieder los, probierte nochmals. Nun biß er an – das spürt ein guter Angler durch Schnur und Stock hindurch in den Fingern zucken! Hans tat einen künstlichen Ruck und begann vorsichtig zu ziehen. Der Fisch saß, und als er sichtbar wurde, erkannte Hans ein Rotauge. Man kennt sie gleich am breiten, weißgelblich schimmernden Leib, am dreieckigen Kopf und namentlich an dem schönen, fleischroten Ansatz der Bauchflossen. Wie schwer mochte er wohl sein? Aber ehe er es schätzen konnte, tat der Fisch einen verzweifelten Schlag, wirbelte angstvoll über die Wasserfläche und entkam. Man sah ihn noch, wie er sich drei-, viermal im Wasser umdrehte und dann wie ein silberner Blitz in die Tiefe verschwand. Er hatte schlecht gebissen. In dem Angler war nun die Aufregung und leidenschaftliche Aufmerksamkeit der Jagd erwacht. Sein Blick hing scharf und unverwandt an der dünnen braunen Schnur, da wo sie das Wasser berührte, seine Backen waren gerötet, seine Bewegungen knapp, rasch und sicher. Ein zweites Rotauge biß an und kam heraus, dann ein kleiner Karpfen, für den es fast schade war, dann hintereinander drei Kresser. Die Kresser freuten ihn besonders, da der Vater sie gerne aß. Sie werden höchstens handlang, haben einen fetten, kleinschuppigen Leib, dicken Kopf mit drolligem weißem Bart, kleine Augen und einen schlanken Hinterleib. Die Farbe

ist zwischen grün und braun und spielt, wenn der Fisch ans Land kommt, ins Stahlblaue.
Inzwischen war die Sonne hochgestiegen, der Schaum am obern Wehr leuchtete schneeweiß, über dem Wasser zitterte die warme Luft und wenn man aufblickte, sah man über dem Muckberg ein paar handgroße, blendende Wölkchen stehen. Es wurde heiß. Nichts bringt die Wärme eines reinen Hochsommertages so zum Ausdruck wie die paar ruhigen kleinen Wölkchen, die still und weiß in halber Höhe der Bläue stehen und so mit Licht gefüllt und durchtränkt sind, daß man sie nicht lange ansehen kann. Ohne sie würde man oft gar nicht merken, wie heiß es ist, nicht am blauen Himmel, noch am Glitzern des Flußspiegels, aber sobald man die paar schaumweißen, festgeballten Mittagssegler sieht, spürt man plötzlich die Sonne brennen, sucht den Schatten und fährt sich mit der Hand über die feuchte Stirne.
Er ließ die Schnur über einen Zweig der Weide hinweg ins Wasser hängen, setzte sich auf den Boden und schaute aufs Wasser. Langsam kamen die Fische nach oben, ein dunkler Rücken um den andern erschien auf der Fläche – stille, langsam schwimmende, von der Wärme emporgelockte und bezauberte Züge. Denen konnte im warmen Wasser wohl sein! Er zog die Stiefel aus und ließ die Füße ins Wasser hängen, das an der Oberfläche ganz lau war. Er betrachtete die gefangenen Fische, die regungs-

los in einer großen Gießkanne schwammen und nur hin und wieder leise plätscherten. Wie schön sie waren! Weiß, Braun, Grün, Silber, Mattgold, Blau und andere Farben glänzten bei jeder Bewegung an den Schuppen und Flossen.

Es war sehr still. Kaum hörte man das Geräusch der über die Brücke fahrenden Wagen, auch das Klappern der Mühle war hier nur noch ganz schwach vernehmbar. Nur das stetige milde Rauschen des weißen Wehrs klang ruhig, kühl und schläfernd herab und an den Floßpfählen der leise, quirlende Laut des ziehenden Wassers.

Hans achtete allmählich weniger streng auf die Angel. Er war ein wenig müde und sowieso pflegt man gegen Mittag fast nichts zu fangen. Die Weißfische, auch die ältesten und größten, kommen um diese Zeit nach oben, um sich zu sonnen. Sie schwimmen träumerisch in großen dunklen Zügen flußaufwärts, dicht an der Oberfläche, erschrecken zuweilen plötzlich ohne sichtbare Ursache und gehen in diesen Stunden an keine Angel.

(Aus »Unterm Rad«, entstanden 1903)

Die blaue Ferne

In den Jahren meiner ersten Jugend bin ich oft auf hohen Bergen allein gestanden, und mein Auge hing lange an der Ferne, an dem verklärten Duft der letzten zarten Hügel, hinter denen die Welt in tiefe, blaue Schönheit versank. Alle Liebe meiner frischen, begehrlichen Seele floß in eine große Sehnsucht zusammen und trat mir feucht ins Auge, das mit verzaubertem Blick die milde ferne Bläue trank. Die heimatliche Nähe erschien mir so kühl, so hart und klar, so ohne Luft und Geheimnis, und dort jenseits war altes so mild getönt, so überflossen von Wohllaut, Rätsel und Lockung.

Ich bin seither ein Wanderer geworden und bin auf allen jenen duftig fernen Hügeln gestanden. Sie waren kühl, hart und klar, aber jenseits, weiter hinaus, lag wieder jene in Ahnung aufgelöste, selig blaue Tiefe – noch edler und sehnsuchtweckender.

Noch oft sah ich sie verlockend liegen. Ich widerstand ihrem Zauber nicht, ich ward heimisch in ihr und ward fremd auf den Hügeln der Nähe und Gegenwart. Und das nenne ich nun das Glück: sich hinüberneigen, blaue Gefilde in weiter Abendferne erblicken und die kühle Nähe für Stunden vergessen. Das ist das Glück, etwas anderes als meine Jugend meinte, etwas Stilles und Einsames, schön, doch nicht fröhlich.

Aus meinem stillen Einsiedlerglück lernte ich die

Weisheit, allen Dingen den Flaum des Fernen zu lassen, nichts in das kühle, grausame Licht der alltäglichen Nähe zu rücken und alles so zu berühren, als wäre es vergoldet, so leicht, so leise, schonend und hochachtend.

Kein kostbarstes Kleinod ist so unanfechtbar schön, daß ihm nicht Gewöhnung und Lieblosigkeit den Glanz des Wertvollen rauben könnte; kein Beruf ist so edel, kein Dichter so reich, kein Land so gesegnet. Darum erscheint es mir eine erstrebenswerte Kunst: die Andacht und Liebe, die wir gern den fernstehenden, entrückten Schönheiten gönnen, auch den nahen und gewohnten zu schenken. Ohne die Morgensonne und die ewigen Sterne minder heilig zu halten, können wir unserem Nächsten und Kleinsten einen zarten Duft und Schimmer verleihen, indem wir es schonen, sanft berühren und ihm die Poesie nicht rauben, die allem Bestehenden doch irgendwie eigen ist. Was man roh genießt, wird bitter und entwürdigt den Genießenden. Was man genießt, als sei man ein zu Gast geladener Fremder, bleibt uns wert und macht uns edler.

Das lernt man in keiner Schule so gut wie in der des Entbehrens. Du bist in deinem Lande nicht zufrieden? Du weißt von schöneren, reicheren, wärmeren? Und du reisest deiner Sehnsucht nach. Du wanderst in andere Länder, die schöner und sonniger sind. Dein Herz geht dir weit auf, mildere Himmel überspannen dein neues Glück. Das ist nun dein Paradies – aber warte noch, ehe du es lobst! Warte wenige Jahre, nur ein wenig über die erste Freude und die erste Jugend hinaus! Und die Zeit kommt, da du Berge ersteigst, um von dort die Stelle des Himmels zu suchen, unter welcher deine alte Heimat liegt. Wie waren dort die Hügel weich und grün! Und du weißt und du fühlst, dort steht noch das Haus und der Garten deiner ersten Kinderspiele und dort träumen alle heiligen Erinnerungen deiner Jugend, und dort liegt das Grab deiner Mutter.

So ist dir die alte Heimat ungewollt lieb und fern geworden und die neue Heimat fremd und allzu nah. Und so ist es mit allem Besitze und mit allen Gewöhnungen unseres armen, unruhigen Lebens.

(1904)

Dem Sommer entgegen

Da ich erwachte und aufstand, hatte das Wetter sich zum Guten gewendet, den sattblauen See bestrich ein mäßiger Ostwind mit zitternden Silberfurchen, die blühenden Kronen der Birnbäume standen frohlockend und strotzend gegen einen hellblauen Himmel, und lichte Bläue spiegelte sich im Brunnentrog und in den kleinen, schon fast vertrockneten Wasserlachen der Landstraße. In der Kapelle, die meinen Fenstern gegenüber liegt, war der Mesner mit den Zurüstungen zur Maiandacht beschäftigt. Auf dem improvisierten Zimmerplatz meines Nachbarn, der seinen Stall umbauen und vergrößern will, leuchtete und duftete in der schon prächtig warmen Sonne froh und festlich das weiße tannene Balkenholz.

Da fiel es mir aufs Herz, daß mein Ruderboot noch immer winterlich unter Dach stand und noch immer nicht revidiert, gestrichen und flott gemacht war. Schon mehrmals hatte ich an schönen, zum Seefahren verlockenden Tagen meine Saumseligkeit verwünscht und bitter bedauert und hatte dann, aus Trägheit und aus Mißtrauen gegen das Wetter, die Arbeit doch wieder auf ein andermal verschoben. Es war nachgerade eine Schande, und die Nachbarn, die mein Schifflein noch immer im Schuppen verstaut sahen, begannen zu grinsen und mich bedauernd anzusehen. Jetzt war es höchste

Zeit, und ich beschloß, die Arbeit heute noch vorzunehmen.
Die Farben standen schon bereit, ich brauchte sie nur noch mit Leinöl anzurühren, und bald durchzog der scharfe pikante Ölgeruch das Haus. Die große Schürze vorgebunden, begann ich das Boot und die Ruder zu reinigen und dann zu malen. Wie das fleckte und ausgab, wenn ich den schweren, breiten, saftig mit Ölfarbe gefüllten Pinsel über die Planken strich! Hühner gackerten vorbei, zwei junge Hündlein balgten sich und brachten meinen Ölkrug in Gefahr, Kinder kamen und schauten zu. Und die Nachbarn, wenn sie vorüber kamen, lachten und riefen: »Also endlich?«
Man malt ja die modernen Sportboote jetzt meistens hellbraun oder gelblich wie Kanzleimöbel. Aber mein Nachen muß schöner aussehen, ich streiche ihn mit dem alten, traditionellen, feurigen Grün und Hochrot, und ebenso Ruder und Zubehör. Eine Ruderschaufel muß rot sein oder ganz weiß, keine andere Farbe klingt mit dem Blau oder Grün des Wassers so freudig und lebendig zusammen.
Vier Stunden, fünf Stunden strich und salbte ich mit Eifer, dann schien es mir für diesen Tag genug. Noch ein paar Tage, dann wird alles fertig und geordnet sein, dann führen wir das Boot auf einem Wagen mit zwei Kühen an den Strand, und den Kühen werden die Hörner bekränzt, und dann mache

ich meine erste Ruderfahrt in diesem Jahre allein und still, und es wird wie jedes Jahr ein Tag voll schweigender Herrlichkeit und voll wunderbarer schwellender Erinnerung sein.
Drei Dinge gehören für mich notwendig zu einem richtigen Sommer: glühheiße, gelbe, schwerbrütende Kornfelder, ein hoher, kühler, schweigsamer Wald – und viele Rudertage. Rudertage! Ich denke an solche, da über See und Bergen ein glänzend blauer Himmel stand, da die Luft vor Hitze zitterte und vor Sonnenwärme das Holz des Bootes knisterte. Dann muß man halb nackt im breiten Schattenhut blendend blanke Seebuchten befahren und häufig baden oder schöne Rasten im dichten Ufergebüsch halten. Und ich denke an Rudertage, da ich bei bedecktem Himmel und frischem Wind stundenlang durch lauter Silber fuhr. Und an Tage, da ich keuchend über das schwarze brodelnde Wasser jagte, vor einem jäh aus dem Gebirg hervorbrechenden Gewittersturm auf der Flucht. Da liefen blanke, eilige Schaumflocken über die dunkle, schwärzliche Fläche, peitschende Windstöße sprühten nadelfeinen Wasserstaub auf, und hastige Blitze fieberten blaß und zuckend durch die leidenschaftlich erregte, ängstlich schwüle Luft.
Das alles soll nun wiederkommen: Sommer, Kornfelderglut und Waldkühle, milde Abendröten am Schilfstrand, brennende Fahrten durch den blauen Mittagsglast und herrliche, seelenlösende, brau-

sende Gewitter. Man hört ja immer wieder sagen, der Frühling sei die schönste Zeit des Jahres. Aber das Schönste an ihm ist doch die Vorfreude, das Erwarten des Sommers. Schnell ist der sanfte, sehnsüchtig blaue Frühling vergessen, wenn der Sommer kommt und herrscht, wenn Sonne und Erde in Liebe und Kampf einander näher sind, wenn die Wärme mächtiger und inniger, die Regengüsse wilder und wuchtiger, die Tage leuchtender und die Nächte blauer sind. Da strahlen die Kastanien in unbegreiflicher Fülle und Pracht ihre weißen und roten Blütenkerzen aus, da verschwendet der Jasmin in betäubenden Wolken seinen süßen, lodernden Duft, da bleicht das Getreide, wird schwer und golden und rauscht üppig und festlich auf hunderttausend Halmen, da gärt der feuchte, schwarze Waldboden und wirft Mengen von farbigen Pflanzen ans Licht. Und überall zittert heimlich ein glühendes, wildes, berauschtes Lebensfieber. Denn der Sommer, der wahre Sommer, ist kurz, und kaum glänzt das Gefilde goldner und rauschen die Ähren voller und tiefer, so droht auch schon Sichel und Sense und heißer Erntekampf.

Das alles ist nun wiedergekommen. Im hellgrünen Waldtal tönt unermüdlich der Kuckucksruf, die Matten reifen rasch zum ersten Schnitt, der dunkle Klee geilt üppig, und die Saatfelder leuchten saftig grün. Am Waldrand glänzen weiße Maiblumen unter ihren breiten Blättern, und

auf breiten Felderstreifen blüht der schwefelgelbe Raps.
Das ist die Zeit, in der der Mann zum Kinde und das Leben wieder zum Wunder wird, da jeder Tag unerwartet Neues bringt und jeder kleine Wiesengang eine Überraschung und ein Märchen ist. Es geht dem Sommer entgegen, der königlichen Zeit, den Tagen der Kornreife und den Nächten der Gewitter. Wohlan, ich bin bereit, noch einmal das Unerhörte zu erleben und Tage des Überflusses und der überschäumenden Pracht zu sehen, und ich möchte keinen Tag und keine Stunde versäumen, ehe allzu früh der Bauer den Wagen bekränzt und im reifen Korn die gierige Sichel rauscht!

(1905)

Schönes Heute

Morgen – was wird morgen sein?
Trauer, Sorge, wenig Freude,
Schweres Haupt, vergoßner Wein –
Du sollst leben, schönes Heute!

Ob die Zeit im schnellen Flug
Wandelt ihren ewigen Reigen,
Dieses Bechers voller Zug
Ist unwandelbar mein eigen.

Meiner losen Jugend Brand
Lodert hoch in diesen Tagen.
Tod, da hast du meine Hand,
Willst du mich zu zwingen wagen?

Hochsommer

Still löse ich die rostige Kette vom alten Baumstamm, schiebe mein Ruderboot ins Wasser, knie hinten auf und stoße vom Strande ab. Der See liegt weit hinaus spiegelglatt und flimmert grün und silbern. Die Sonne brennt in voller Mittagskraft herunter, und der jenseitige Seerand spiegelt einen blauen, leuchtenden, von festgeballten schneeweißen Sommerwolken durchzogenen Himmel.

Hinter mir entweicht das schattige Wiesenufer mit hohen Pappeln und breiten, alten, tiefhängenden Weiden, und mit dem Ufer flieht auch alles das zurück, was mir dort am Lande Arbeit und Freuden, Pein und Sorge macht. Zu Hause liegt alles, wie ich es liegen ließ. Da liegen Briefe, auf die ich antworten soll, und Rechnungen, die ich bezahlen, und Einladungen, denen ich folgen soll, angefangene Arbeiten und aufgeschlagene Bücher. Alle diese Dinge scheinen mir, indes ich langsam seewärts rudere, wesenlos, töricht und unnötig, einer sonderbar entarteten Welt zugehörig, der ich entronnen bin und die ich nicht mehr verstehe. Ein Kohlenhändler will Geld von mir, weil ich vorigen Winter mit seinen Kohlen eingeheizt habe. Ein Verlagsbuchhändler will, ich solle doch wieder ein neues Buch schreiben – als ob das ein Sommervergnügen wäre; ein Freund verlangt Auskunft über die hiesigen Wohn- und Steuerverhältnisse. Ist das nicht alles lumpig und lächerlich? Über mir blaut in ungeheurer Weite und Glut der vieltausendjährige Himmel, Wolken schreiten ihren uralt heiligen Reigen, stille Berge stehen kühn und unveränderlich – wie ist es möglich, daß daneben immer noch der komische Bagatellenkram der Menschengeschäfte und Menschensorgen besteht! Nein, er besteht nimmer; er ist untergegangen, wie alles Lächerliche untergeht, ist zu Sage, Traum und unbegreiflicher Vergangenheit geworden.

Unbegreifliche Vergangenheit! Alexander der Große und der Perserkönig Darius sind mir nicht ferner und merkwürdiger und unverständlicher als es der heutige Morgen und der gestrige Abend sind. Was tat ich da? Ich weiß nicht mehr; vielleicht Briefe schreiben, vielleicht Bücher lesen. Warum tat ich es? War es notwendig? War es gut? War es unnütz und schädlich? Ich weiß es nicht. Ich weiß aber, daß jetzt in dieser gegenwärtigen Stunde die Mittagssonne mir die Arme und das Gesicht noch brauner macht, daß auf der weiten Wasserfläche unerhörte Farben spielen und inbrünstig glühen, daß aus der glühenden, strahlenden Höhe Gott herabschaut und dies Tal und Gebirg und diesen See und seine Ufer samt Dörfern, Klöstern, Höfen und närrischen Menschen mit Wohlgefallen und Güte betrachtet. Und ich weiß auch, daß alles, was ich in dieser Stunde sehe und lebe und tue, gut und notwendig und köstlich ist.

Denn jetzt sehe ich Gott in die Augen, jetzt redet der Geist der Erde und der Geist der Höhe, der See und das weithingestreckte Gebirge mit mir. Jetzt bin ich kein einzelner, keine Persönlichkeit, kein ängstlich abgetrenntes und unterschiedenes Wesen mehr, sondern einfach ein Kind der Erde, das keine eigenen Gedanken und Wünsche und Sorgen hat und hingegeben dem größeren, reichen Leben der Lüfte und Wasser, Wolken und Wellen zuschaut.

Und nun habe ich unvermerkt die Seemitte erreicht. Dorf und Kirche des verlassenen Ufers sind ferngerückt und klein geworden, die Gebüsche am Strand fließen ineinander, und über die Hügelhöhe hinweg, die noch vor einer Weile die höchste war und scharf im Blauen stand, sehe ich jetzt ferne höhere Berge ragen, Berge mit dunklen, weichen Waldrücken und andre mit steilen Felshängen. Weit um mein Boot her glänzt der unbewegte Wasserspiegel, und nach wenig Augenblicken bin ich der Kleider ledig, habe den Sprung ins Kühle getan und schwimme ziellos in dem durchsichtig reinen Wasser dahin, in Bögen und Kreisen, bald heftig schlagend und plätschernd, bald unhörbar leise und heimlich. Mein weißes Boot mit dem hellgrünen Rand ruht leicht und schwebend auf der Fläche und spiegelt seine besonnten Flanken wie ein schwimmender Vogel.

Wie habe ich das kleine schmucke Fahrzeug lieb!

Von allen Dingen, die ich besitze, ist es das einzige, das fern von Haus und Zimmer und fern von den Geschäften des Alltags nebendraußen lebt und meiner wartet wie ein Stück Natur, wie ein Baum oder ein Tier. Es ist vielleicht auch von allen Dingen, die ich besitze, das einzige, an welchem nur schöne, reine, liebe Erinnerungen hängen. Mein Boot hat mich wohl schon traurig, nachdenklich oder müde gesehen, aber es sah mich nie verdrießlich, ängstlich, mißmutig, hastig und zornig. Es ist mir auf ungezählten Fahrten lieb und vertraut geworden, ich kenne alle seine Fähigkeiten und Vorzüge, auch seine Fehler, es hat mir hundertmal genützt und mich hundertmal erfreut und vergnügt, und ich habe es geschont und gepflegt, mit Teer verdichtet, nach jedem Regen ausgeschöpft und getrocknet, mit schönen Farben bemalt und jedesmal am Strande zu einem sicheren, sandigen und guten Landeplatz geführt.

Da schwimmt es heiter und zierlich, wartet auf mich und schaut nach mir aus. Ich kehre zu ihm zurück, klettere triefend und erfrischt über Bord, ziehe die Ruder ein und lege mich der Länge nach auf den Boden. Nackt in der Sommersonne zu liegen, ist immer eine Wonne; es ist schön, wenn man es auf einer Wiese oder im Sand am Ufer oder auf der Dachterrasse eines Hauses tut, aber nirgends ist es so schön wie auf einem großen Wasserspiegel im Boot, das wie ein Kelch die Wärme empfängt und hält. Da geht der Sonnenbrand durch Haut und Fleisch bis ins Mark, und wenn es zuviel wird, braucht man nur einen raschen Sprung zu tun und liegt sogleich im tiefen, klaren Wasser. Zu Anfang des Sommers, wenn der Leib noch weiß und kleidergewohnt ist, gibt es kleine Beschwerden, da brennt die Haut und rötet sich und schält sich ab. Dann aber wird sie fest und braun und sonnensicher, und dann kommt die Zeit, da der Leib seiner selbst froh wird und in animalischem Wohlsein atmet und gedeiht und Sonne, Wasser und Luft als seinesgleichen fühlt. Wie alle Dichtung Erinnerung ist, so sind die seltsamen Regungen und phantastischen Träume, die in solchen Sonnenstunden in uns spielen, Erinnerungen an fernstes Ehemals, an Schöpfung und Urzeit, an den »Geist über den Wassern« …

Ein leiser Luftzug weckt mich auf. Der See beginnt sich in unendlich feinen, zarten Linien zu kräuseln, die Wolken über dem Gebirge haben sich vereinigt und wachsen mit stummer Eile himmelan, werden dunkel und drohend. Bald wird es Donner und Wind geben, vielleicht Sturm. Wie das im Luftreich arbeitet, strebt und brütet! In Eile werfe ich die Kleider um, lege die Ruder aus und trete die Heimfahrt an. Das Seegekräusel wird zum Wellenschlag, doch sind die Wellen noch klein und rund und geben wenig Widerstand. Mein gutes Boot fährt rasch darüberhin, und ehe noch die ersten Regentropfen

fallen und das Wasser am Ufer zu brausen beginnt, sind wir im Hafen.
Heimkehrend finde ich Bücher und Briefe auf meinem Tische liegen, fange ungern zu arbeiten an und werfe nach einer Viertelstunde das ganze Zeug wieder von mir. Das Verständnis für die Notwendigkeit dieser törichten Dinge ist mir noch nicht wiedergekehrt. Draußen ist ein wütender Gewitterregen ausgebrochen, die Dorfgasse ist ein gelber Bach, und die Dächer glitzern weiß von den aufprallenden Güssen. Drüben überm See blitzt es und donnert prächtig, und mich faßt wie in Knabenzeiten bei diesem Toben ein übermütiges Frohgefühl. Pfeifend ziehe ich hohe Stiefel und eine Lodenjacke an, drücke den Filz auf den Kopf und wandere ohne Ziel in das laute, herrlich zürnende Gewitter hinaus.

(1905)

Winterglanz

Nun war vier Nächte und drei Tage fast ununterbrochen Schnee gefallen, ein guter, kleinflockiger, haltbarer Schnee, und in der letzten Nacht war er glashart gefroren. Wer nicht täglich vor seiner Tür gefegt und geschaufelt hatte, war jetzt belagert und mußte zur Hacke greifen, um Hauseingang, Kellertor und Kellerluken freizulegen. So war es vielen im Dorf ergangen, und sie werkelten murrend vor ihren Häusern, in Schaftstiefeln und Fausthandschuhen und mit Wolltüchern um Hals und Ohren gewickelt. Die Ruhigen freuten sich, daß der große Schnee vor dem Frost gekommen war und ihnen die bedrohten Wintersaatfelder schützte. Aber hier wie anderwärts sind die Ruhigen sehr in der Minderzahl, und die meisten schimpften weinerlich über den allzuharten Winter, rechneten einander ihren Schaden vor und erzählten Schauergeschichten von ähnlichen strengen Jahrgängen. Aber im ganzen Dorf waren kaum zwei oder drei Leute, zu denen dieser wunderbare Tag nicht von Sorgen und Ärger, sondern viel mehr von Freuden, Glanz und Gottes Herrlichkeit sprach. Wer irgend konnte, der blieb in Haus und Stall, und wer etwa hinaus mußte, der wickelte Frostlappen um Kopf und Seele und ließ seine Sehnsucht keine anderen Wege gehen, als zurück zur verlassenen Ofenbank, wo zwischen den grünen Kacheln die gegossene eiserne Wärmeplatte glühte. Und doch war es ein Tag, den die Stadtleute keinem Maler glauben würden, viel jubelnder, blauer und blendender als der lachendste Hochsommertag. Der Himmel stand rein und blau bis in unendliche Fernen offen, die Wälder schliefen unter dickem Schnee, die Berge blendeten wie Blitze oder leuchteten rötlich oder hatten lange, märchenblaue Schatten an, und zwischen allem lag glasgrün der noch nicht gefrorene See, spiegelhell in der Nähe, und in der Ferne dunkelblau und schwarz, von glänzenden schneeweißen Landzungen rings umfaßt, auf welchen nichts Dunkles war als die dünnen und frierenden Reihen kahler, nackter Pappelstämme. Und durch die Luft und durch den unendlichen Himmel schwärmte prahlend und schwelgerisch das ungeheure Licht, von jedem Hügel und jeder Matte und jedem Stein im Schneeglanz zurückgeworfen und verdoppelt. Es flimmerte in ungebrochenen Wogen über weiße Flächen hin, glühte am Wald und an fernen Bergen in goldenen Rändern auf, zuckte in haarfeinen Blitzen diamanten- und regenbogenfarbig durch die Lüfte, ruhte satt und süß auf gelbem Schilf und in den grünen, jenseitigen Seebuchten aus und machte sogar alle Schatten mild, bläulich weich und wesenlos, als müßte heute an diesem Tage des Glanzes jeder letzte widerstrebende Flecken mit Helligkeit durchdrungen und gesättigt werden. An solchen Tagen ist es unmöglich, an ein Nachtwerden zu glauben, und wenn am Ende doch die Dämmerung sinkt, ist es wunderbar zu sehen, wie all der gleißend kühle Glast sich langsam hingibt, müde wird und eine Hülle sucht, obwohl nach diesen Tagen auch die Nächte selbst, wenn kein Mond scheint, niemals völlig dunkel werden. Und auch darum sind solche Schneetage so lang, weil der reine Winterhimmel und die Unbändigkeit des Lichtes uns klein und froh zu Kindern macht, so daß wir noch einmal die Erde im Glanz der Schöpfung sehen und noch einmal ohne Bewußtsein der Zeit wie Kinder hinleben, von jeder Stunde überrascht und keines Aufhörens gewärtig. So ging es mir, als ich gegen das Ende dieses Tages von einer weiten Wanderung zurückkehrend, beim Verlassen des schon finsteren Waldes mein Dorf im roten Abenddufte daliegen sah. Ich hatte schneidend kalte, freie Höhen besucht, von denen ich Hügelzüge, Wälder, Ackerland, Seen und ferne blanke Alpengipfel betrachtete, und war durch todesstille, bläuliche Winterwälder gestreift, wo außer dem ängstlichen Seufzen überladener Stämme kein Laut zu hören war. Ich hatte im Bergwald den roten, vorsichtigen und doch dreisten Fuchs und am schilfigen Ried die dunkeln Wildenten belauscht, war über eine Stunde lang einem Schwarzspecht nachgelaufen und hatte an einer tief verwehten Hügellehne die kleine Leiche einer erfrorenen Goldammer gefunden. An einer bevorzugten Stelle hatte ich, zwischen roten

Föhrenstämmen hindurch, den gleißenden breiten Gipfel des Glärnisch gesehen, war auf dem doppelten Lodenboden meiner Winterhose manchen schrägen Hang hinabgeschlittelt und den ganzen Tag keinem Menschen begegnet.
Und nun schritt ich ermüdet und fröhlich heimwärts in der schon rasch zunehmenden Dämmerung, ein wenig steif in den Beinen und ziemlich ausgehungert, aber zufrieden. Heute war ein guter Tag gewesen, ein reiner, köstlicher, unvergeßlicher, und der ist hundert halb gelebte und vergessene Tage wert. Und in der Dämmerung, auf der schneebedeckten, blaß leuchtenden Landstraße ging etwas Kleines vor mir her, das ich einzuholen suchte. Als es noch vielleicht hundert Schritte entfernt war, erkannte ich es als einen kleinen Buben, der auf dem Kopf die viel zu große wollene Nebelkappe seines Vaters und in der Hand einen leeren Eimer trug. Im selben Augenblick, da ich ihn deutlich zu sehen vermochte, begann ich ihn auch zu hören: er sang nämlich. Eine Weile suchte ich vergeblich zu erraten, was er singe, denn er ging wegen der Kälte sehr rasch, und ich hörte nur vereinzelte Töne. Dann kam ich näher und hielt mich von da an unbemerkt hinter ihm. Er lief eilig, die linke Hand tief in die Tasche gebohrt, und er stolperte öfters auf der rauh und ungleich gefrorenen Straße. Aber er sang unaufhörlich, eine Viertelstunde und eine halbe Stunde lang und vielleicht noch länger, bis wir am Dorfe

waren und er in die erste, schon dunkle Gasse entschwand. Immer mußte ich nachdenken und mich besinnen, was für ein Lied das doch wäre, das der Kleine sang. Es klang wie ein rechtes Abendlied zu diesem Tage, wie ein Lied aus unvergeßlich reichen, dennoch fernen und dunkel gewordenen Kinderzeiten. Der Knabe sang keine Worte, er sang nur la und li und lo, aber es war immer dieselbe Melodie, nur wenig verändert, jedesmal ein klein wenig anders, la li – la lo, und die Melodie war so bekannt, so selbstverständlich, daß ich leise mitsingen mußte. Aber das Lied kannte ich nicht. Vielleicht ist es doch eine vergessene Kindermelodie gewesen. Ich glaube aber nicht. An solchen Wundertagen hört man viel Töne und sieht viel Dinge, die einem oft gehört und oft gesehen und uralt wohlbekannt erscheinen, und man hat sie doch nie gehört und nie gesehen.

(1905)

Vom Naturgenuß

In unsrer gebildeten Zeit des allgemeinen Schwindels haben die Künstler, noch mehr aber die Kunstliteraten, einen erstaunlichen Einfluß auf die Stadtbewohner bekommen. Beispielsweise ist es zur Mode und Pflicht geworden, Landschaften »malerisch« zu betrachten. Der Sommerfrischler oder Tourist freut sich im Farbenspiel der Wolken ein Lila oder Grau zu entdecken, das ihn an bestimmte Bilder oder Stickereien erinnert, und er findet das Graugrün des Kiefernwaldrandes wundervoll auf den zartblauen Himmel und den feuchtbraunen Acker »abgestimmt«. Ist er noch raffinierter, so streitet er sogar über »Tonwerte« in der Natur und sucht zu ergründen, ob der Himmel oder eine beleuchtete Hauswand »heller im Ton« stehe. Er glaubt in diesen Gedanken- und Wortübungen die Natur recht innig und durchtrieben zu erfassen und zu genießen. Er lacht über den Bauern, der sich nur um naß und trocken, warm oder kalt bekümmert, er lacht über den Botaniker, der Pflanzen, und über den Genüßling, der Schwammerln einsammelt. Und doch tut auch er nichts andres, als eine an sich wertlose Spezialistenkunst ausüben. Er sieht die Natur an entweder, als sei sie ein gemaltes Bild, oder als müßte er sie abmalen, und als wäre sie eigens und vor allem dazu da. Er glaubt fein und überlegen zu sein und steht doch nicht höher als der Bauer. Dieser beschränkt sich auf praktische Witterungskunde und sieht dabei sehr vieles, was der Städter nie sieht, und der Städter treibt angewandte Ästhetik und sieht dabei allerdings wieder vieles, wofür der Bauer keinen Sinn hat. Aber beide sind darin gleich naiv und gleich unkultiviert, daß sie eine unendlich vielseitige Sache einseitig betrachten und auf einen beschränkten Leisten zu passen versuchen. Beide lachen übereinander, und beide haben den Stolz und die geistige Enge dessen, der nur als Egoist zu sehen und zu denken gewohnt ist. Es ist Egoismus, bei einem Regenwetter nur an seinen Kartoffelacker zu denken, und es ist ebenso Egoismus, dem Meer oder Wald gegenüber sich an einer (oft wohlfeil erworbenen) ästhetischen Kritik zu vergnügen und vor sich selbst oder andern den feinen Genießer zu spielen.

Gewiß kann man von den Malern im Sehen vieles lernen, und die Maler haben das gute Recht, nach ihrer Art und für ihre Zwecke zu schauen. Aber die landschaftliche Natur lediglich als ein Objekt für die Malerei oder gar wie ein Gemälde anzusehen, – dazu liegt für Nichtmaler kein Grund vor. Das »malerische« Betrachten, von Nichtmalern ausgeübt, ist meines Erachtens einfach eine Mode und steht an sich nicht höher als die Betrachtung vom Standpunkt des Bauern, Jägers, Manöveroffiziers oder Geologen aus. Übrigens soll das Landschaftssehen des Dichters, soweit es nur im Sehen und

Wählen des in Worten Darstellbaren besteht, selbstverständlich auch um nichts höher eingeschätzt werden.

Wer nämlich auf solche Weise schaut, kritisiert stets die Natur und sucht sie irgendwelchen, einerlei ob praktischen oder ästhetischen oder wissenschaftlichen, Zwecken dienstbar zu machen. Und das ist, von einem höheren Standpunkt aus, falsch und kleinlich. Wir sollen die Natur nicht nur fruchtbar und nützlich, sondern auch schön finden, aber wieder nicht nur schön, sondern auch unergründlich und über schön und häßlich erhaben. Wir sollen nicht suchen, sondern finden; wir sollen nicht urteilen, sondern schauen und begreifen, einatmen und das Aufgenommene verarbeiten. Es soll vom Wald und von der Herbstweide, vom Gletscher und vom gelben Ährenfeld her durch alle Sinne Leben in uns strömen, Kraft, Geist, Sinn, Wert. Das Wandern in einer Landschaft soll das Höchste in uns fördern, die Harmonie mit dem Weltganzen, und es soll weder ein Sport noch ein Kitzel sein. Wir sollen nicht mit irgendwelchen Interessen den Berg und den See und den Himmel beschauen und begutachten, sondern uns zwischen ihnen, die gleich uns Teile eines Ganzen und Erscheinungsformen einer Idee sind, mit klaren Sinnen bewegen und heimisch fühlen, jeder mit den ihm eigenen Fähigkeiten und mit den seiner Bildung zugehörigen Mitteln, der eine als Künstler,

der andre als Naturwissenschaftler, der dritte als Philosoph.
Wir sollen unser eigenes Wesen und nicht nur das körperliche dem Ganzen verwandt und eingeordnet fühlen. Erst dann haben wir wirkliche Beziehungen zur Natur.
Es ist zum Beispiel das »malerische« Naturgenießen schon darum arm und einseitig, weil es einzig nur auf den Gesichtssinn gestellt ist. Gar oft ist aber der stärkste und eigenartigste Eindruck eines Ganges oder Aufenthaltes im Freien kein Gesichtseindruck. Es gibt Stunden und Orte, wo alles dem Auge Erreichbare nichts ist im Vergleich mit dem, was das Ohr berührt, mit dem Grillenzirpen, dem Vogelgesang, dem Meeresbrausen, dem Tönen der Winde. Ein andres Mal hat der Geruchssinn die stärksten Eindrücke: Lindenblütenduft, Heugeruch, Geruch feuchter, frischgepflügter Äcker, Duft von Salzwasser, Teer und Seetang. Und schließlich sind vielleicht die stärksten Natureindrücke die des Gefühls, der Nerven: Schwüle, Elektrizität der Luft, Temperatur, Härte oder Weichheit, Trockenheit oder Nässe der Luft, Nebel.
Diese Nerveneindrücke, denen übrigens oft sehr robuste Menschen stark unterliegen, spielen eine große, vielleicht dominierende Rolle in der Dichtung, schon weil sie großen und direkten Einfluß auf das seelische Befinden, die Gemütsstimmung, haben. (Mörike, Stifter, Storm.) Aber weder Dich-

tung noch Malerei können das Vielerlei und das Zusammenwirken dieser Eindrücke darstellen; sogar für die Darstellung des einzelnen reichen die Mittel nicht hin, es versagt zum Beispiel die ausgebildetste Sprache bei dem Versuch, in Worten deutliche Begriffe von Gerüchen zu geben.

Man hört manchmal Leute sagen, die »Natur« gebe ihnen nichts, sie hätten kein Verhältnis zu ihr. Dieselben Leute werden bei der Frühjahrssonne fröhlich, bei der Sommersonne träge, bei Schwüle schlaff und bei Schneewind frisch. Das ist immerhin schon ein Verhältnis, und man braucht sich dessen nur bewußt zu werden, so ist man schon reif zum Naturgenuß. Denn unter diesem verstehe ich nicht ein rechenschaftsloses Wohlbefinden, sondern im Gegenteil ein bewußtes Mitleben und Zusammenhängen mit der Natur. Ist dies einmal vorhanden, so spielt die sogenannte »Schönheit« der Gegend und des Wetters keine große Rolle mehr. Denn diese Schönheit ist zwar wohl vorhanden, aber sie ist lediglich aus Gesichtseindrücken abstrahiert, und diese sind nicht allein maßgebend. Die Natur ist überall schön oder nirgends. Aber dann brauchte man eigentlich nicht zu reisen und zu wandern? Allerdings nicht, wenn wir überall gesunde und ausgebildete Menschen wären. Da wir dies nicht sind, hat das Reisen uns immerhin viel zu bieten: körperlich den hygienischen, die Sinne anregenden Wert der Orts- und Luftveränderung, geistig den Reiz des Vergleichens und den Triumph des erobernden Sichanpassens. Vielleicht gibt es für jeden Menschen eine Art von Landschaft, in der er sich am wohlsten fühlt, und mancher kann rein körperlich das Meer, die Hochalpen, die Tiefebene nicht ertragen. Aber bedauernswert arm ist ein Mensch, dem jedes neue Stück Erde fremd und unverdaulich auf die Seele drückt. Ihm fehlt nicht nur das äußerliche, meinetwegen affenartige Anpassungsvermögen des Reisenden, sondern vor allem der höhere Standpunkt. Einer, der keine fremde Landschaft sich zu eigen machen, in keinem fremden Lande warm werden, nach keiner einmal flüchtig erfaßten Gegend später wieder eine Art Heimweh bekommen kann, – dem fehlt es im Innersten, und er steht nicht höher als der, der über die Kinderstube und Vetternschaft hinaus keine Menschen begreifen, behandeln und lieben kann. Der wertvolle Mensch fühlt sich nicht nur seiner Familie und Umgebung, sondern jedem Menschen- und Naturleben verwandt. Antipathien sind kein Beweis dagegen: sie beruhen auf Kenntnis, Ahnung, ja Teilnahme, nicht auf Gleichgültigkeit. Was mir zuwider ist, existiert für mich nicht minder als das, was ich liebe. Aber was ich nicht kenne und nicht kennen mag, was mir gleichgültig ist, was keine Beziehung zu mir, keinen Ruf an mich hat, das existiert für mich nicht, – und je mehr dessen ist, desto niedriger stehe ich selber.

Nun ist jedes Spezialistentum eine solche Verarmung, ein solcher Verzicht, und es ist traurig genug, daß im tätigen, beruflichen Leben das Vielseitigsein immer schwerer und seltener wird. Mancher ganz gute Maler ist so sehr nur Maler, daß er sich ohne Skrupel ein häßliches Haus bauen läßt, und mancher gute Architekt wieder so sehr Spezialist, daß er um sein schönes Haus herum einen geschmacklosen Gärtner wirtschaften läßt, und so weiter. Ist es nicht schade, wenn wir nun auch in den seltenen, schönen, freien Zeiten des Draußenseins und Wanderns, statt aufzugehen und groß zu werden, kleine Gesichtspunkte und Interessen pflegen? Der Wald gehört so wenig dem Maler wie dem Förster, die Wolke so wenig dem Wetterpropheten wie dem Luftschiffer, sondern der Natur gegenüber hat jeder so viel Rechte, wie er sich zu nehmen getraut, und für den Umgang mit ihr braucht sich niemand einen Lehrmeister zu suchen. Man kann vom Maler und Dichter lernen, aber ebenso vom Bauern und Förster. Und in jedem Menschen, er sei noch so einseitig gebildet, schlummert eine vergessene Brüderschaft mit Sonne und Erde. Sie braucht nur einmal zu erwachen, so lacht er über Dichter, Maler und Förster, öffnet seine Sinne und Seele weit und läßt den Atem der Schöpfung herein.

Das ist es, was wir von Spaziergängen und Ausflügen, Reisen und Sommerfrischen haben können, das ist mehr als Hygiene und mehr als Ästhetik. Wir sind im täglichen Leben gewohnt, einseitig zu leben, zu arbeiten und zu denken; aber vor der Natur sind wir frei und ganz, dürfen alle Sinne und alle Seelenkräfte spielen und arbeiten lassen, gleichzeitig und gleichberechtigt. Keiner kann es in jeder beliebigen Stunde, jeder hat Ketten nachzuschleppen; aber je öfter und intensiver wir uns, von allen Zwecken befreit, dem Weltganzen verwandt fühlen, desto lockerer werden die Ketten, und desto mehr geben uns Sonne und Sterne, Wald, Meer und Gebirge, Sturm und Frost, Vogel und Wild von ihrem Leben, desto kleiner wird der Kreis der Dinge, zu welchen wir ohne Beziehungen sind. Und damit allein können wir wachsen und unser Leben zu Bedeutung, Wert und Weite erheben.

(1908)

Gegenüber von Afrika

Heimathaben ist gut,
Süß der Schlummer unter eigenem Dach,
Kinder, Garten und Hund. Aber ach,
Kaum hast du vom letzten Wandern geruht,
Geht dir die Ferne mit neuer Verlockung nach.
Besser ist Heimweh leiden
Und unter den hohen Sternen allein
Mit seiner Sehnsucht sein.
Haben und rasten kann nur der,
Dessen Herz gelassen schlägt,
Während der Wandrer Mühsal und Reisebeschwer
In immer getäuschter Hoffnung trägt.
Leichter wahrlich ist alle Wanderqual,
Leichter als Friede finden im Heimattal,
Wo in heimischer Freuden und Sorgen Kreis
Nur der Weise sein Glück zu bauen weiß.
Mir ist besser, zu suchen und nie zu finden,
Statt mich eng und warm an das Nahe zu binden,
Denn auch im Glücke kann ich auf Erden
Doch nur ein Gast und niemals ein Bürger werden.

Im Flugzeug

Als ich vor einigen Jahren zum ersten Male auf der Frankfurter ILA* einige Eindecker ihre schwachen Flugversuche machen sah, war mein sehnsüchtiger Gedanke: »Sobald das ein bißchen besser geht, mußt du mitfliegen!« Und als ich zwei Jahre später zum ersten Male in die Lüfte hinaufkam, in einem Zeppelinschen Luftschiff, da genoß ich wohl den wunderbaren Taumel der Höhe und die überraschend herrliche Aussicht und den neuen Aspekt der Landschaft, aber mein Flugverlangen war nur stärker erregt, und seitdem war es mein heimlicher Wunsch, nun bald einmal zu fliegen. Aber ich wohnte auf dem Lande und kam immer nur im Winter in große Städte, meine Freunde lachten mich aus und erklärten diese ganze Fliegerei für einen halsbrecherischen, selbstmörderischen Sport, mit dem sich höchstens ehemalige Rennfahrer und entgleiste Turfexistenzen abgäben, und waren der Meinung, ein einigermaßen höherstehender Mensch, welcher Pflichten habe und gar Familienvater sei, dürfe sich unter keinen Umständen »der bloßen Sensation wegen« so einem Satansmöbel anvertrauen.

Diese Reden konnten mein Verlangen nach Fliegeglück nicht kleiner machen, obwohl ich nicht widersprach. Ich las vom Simplonflug, las die Berichte von Pau und Paris und Dübendorf und den italienischen Aviatikern, und verheimlichte meiner Frau die wöchentlich in der Zeitung mitgeteilten Abstürze von Fliegern. Und hundertmal besann ich mich und phantasierte, wie es nun wohl eigentlich so einem Fliegenden zumute sein müsse. Die meisten waren ja abgebrühte Sportratten oder technische Spekulanten, für die gab es nur Windverhältnisse, Pferdekräfte, Umdrehungszahlen und Flugpreise. Aber viele davon waren doch gewiß wirkliche Abenteurer, solche, mit denen ein Dichter sich ohne weiteres eins fühlen oder doch verbrüdern konnte, es war in ihnen etwas von der großen Sehnsucht, die unsereinen zum Wandern und Reisen verlockt und einem das Stillsitzen so sauer macht, und die durch nichts zu stillen ist und durch jede Erfüllung nur tiefer und hungriger wird. Ohne Zweifel war diese Sehnsucht, wenn auch in ihren rohesten Formen, bei vielen dieser Flieger der heimliche Antrieb und Verführer, und die, welche hundert Meter hoch herunter fielen oder über Land geschleift wurden, die in der Luft verbrannten oder im Wasser umkamen, waren nicht Arbeitern gleichzustellen, die in ihrem armen, tapferen Kampf um den täglichen Groschen weggerafft wurden, sondern sie gehörten doch wohl zu der kleineren Schar derer, die als Sklaven jener geheimnisvollen großen Sehnsucht ihr Ende fanden, deren Knochen in Gletscherlöchern liegen oder die in den Wäldern von Afrika, am Südpol oder auf entlegenen Meeren umkommen. Darin bestärkte mich noch die Nachricht vom Tode Lathams, den ich in Frankfurt hatte fliegen sehen, der in den Kanal gefallen war und der schließlich sein Ende als Jäger in den Tropen fand.

Die Zeit verging, und das Fliegen blieb mir Wunsch und Rätsel. Zweimal fielen mir flott und gescheit geschriebene Artikel von Journalisten in die Hand, welche als Passagiere mitgeflogen waren. Ich las sie mit Eifer, aber es stand nichts darin. Diese Herren standen über der Sache, während ich so gern mitten in ihr drin gestanden wäre. Sie wußten Pferdekräfte und Umdrehungen zu zählen, kannten die Vorgeschichte ihres Aviatikers, die Firma, die seinen Motor gebaut hatte, sie wußten von dem Stolz unserer Zeit, von dem uralten Menschheitstraum und seiner Erfüllung durch Blériot zu erzählen. Vom Fliegen selber aber erfuhr man wenig oder nichts. Es standen in diesen Artikeln nur Dinge, die man vorher wußte, oder die wenigstens der Autor schon vorher wissen konnte. Also mußte das Fliegen eigentlich wenig interessant sein; es war ein »stolzes, erhebendes Gefühl«, das erinnerte an Grundsteinlegungen und Jubiläen, man »fühlte sich vollkommen sicher, keine Spur von Angstgefühl oder Schwindel«, das war also ähnlich wie ein Spaziergang von München nach Nymphenburg. Entweder

* Internationale Luftfahrt Ausstellung, Frankfurt am Main 1909.

standen die Verfasser jener Artikel eben wirklich auf jenem unpersönlichen, allgemein kulturellen Standpunkt, den ihre Artikel betonten, oder aber es war ungemein schwierig, die eigentlichen Gefühle eines Fliegenden darzustellen. Ich glaube heute, die zweite Annahme war die richtige.
Um nun zur Sache zu kommen: ich bin gestern geflogen. Es kamen Flieger nach Bern, eines Morgens hörte ich über meinem Dach einen Apparat schnurren und sah einen schönen Eindecker so stolz und kühl und nobel über mich wegfahren, daß es mir das Herz umdrehen wollte. Am nächsten Tage bin ich mitgeflogen. Und nun will ich versuchen, einige meiner Eindrücke bei diesem ersten Flug meines Lebens mitzuteilen, soweit das möglich ist, und da die Geschichte vom »erfüllten uralten Menschheitstraume«, vom »Sieg der Intelligenz über die Materie« und alles das schon jedermann bekannt ist, will ich den undankbaren und schwierigen Versuch machen, die Kultur und Technik und alles das wegzulassen, und lediglich das zu notieren, was ich erlebt habe. Ich finde mich bei diesem Vorhaben durch eine tiefe Unwissenheit gestützt: ich weiß weder den Namen der Firma, die den Motor gebaut hat, noch die Zahl seiner Pferdekräfte, noch sein Gewicht, noch das Gewicht der Belastung. Ich weiß gar nichts, als daß ich nun endlich, endlich geflogen bin, und daß es mir gar nicht selbstverständlich und allgemein kulturell erschie-

nen ist, sondern höchst abenteuerlich. Ich bin tatsächlich »der bloßen Sensation wegen« geflogen, und die Sensation hat mir eine unbändige Freude gemacht.

Gegen 3 Uhr an einem warmen, hell sonnigen Frühlingstag erschien ich auf dem Flugfeld, wo sich ein paar schwarze Menschenknäuel drängten und umeinander drehten. Mitten in einem dieser Knäuel sah ich den Apparat ragen, mit dem ich fliegen sollte und der mich erwartete. »Wenn es mir nur nicht übel wird!«, dachte ich, denn ich kann Menschenmengen schlecht vertragen.
Ich drängte mich vor, eine grüne Brille auf der Nase und eine gelbe Reisetasche in der Hand. Ich legte den Leuten die Hand auf die Schulter, schob sie leise beiseite, machte ein sachliches Gesicht und wurde durchgelassen, es ging über Erwarten gut. Das Schlimmste vom Fliegen war nun überstanden. Ich stand beim Apparat, begrüßte den Flieger und zündete eine Zigarre an. Ein französischer Monteur suchte mich über den Motor zu belehren, ich nickte dankend und kam erst jetzt auf den Gedanken, die Maschine näher anzusehen. Am Kopf des Vogelleibes saß die hölzerne Schraube, dahinter der Motor und Benzinvorrat, dann der Platz des Fliegers, dann mein Passagiersitz, hinter dem das leichte, hölzerne Bauwerk sich rasch verjüngte und dem hübschen Schwanzsteuer zustrebte. Als Spielzeug

sah das Ganze entzückend aus, daß es aber zwei Menschen durch die Luft tragen sollte, schien wunderlich, so leicht und liebenswürdig japanisch sahen die Stänglein und Drähtchen aus, und auch die Flügel waren so spielerisch und dünn und luftig gebaut, daß man sie nicht anzufassen wagte.
»Nun«, dachte ich, »die Hauptsache ist ja der Motor, und den kann ich zum Glück nicht taxieren. Es wäre gut, wenn wir bald fahren würden.«
Da winkte mir der Flieger, ich möchte mich nun fertigmachen. Schnell machte ich meine gelbe Handtasche auf und nahm meine Sachen heraus, eine Ski-Mütze, ein Paar Handschuhe, ein wollenes Halstuch. Als ich die Mütze glücklich auf und unter dem Kinn zusammengeknöpft hatte, lächelte der französische Monteur mich freundlich an, und sagte, so gehe das nicht, ich müsse die Mütze umgekehrt aufsetzen, mit dem Schirm nach hinten, sonst werde mir das Zeug alsbald vom Kopf gerissen werden. Die Volksmenge lachte und sah mit Interesse zu, wie ich meine Kleidung vollends in Ordnung brachte. Schließlich gab mir der Aviatiker noch einen Mantel und eine Automobilbrille; ich schwitzte in der wollenen Haube und sah so bestrickend aus, daß die Menge wieder aufs munterste lachte. Photographenapparate wurden auf uns gerichtet, und jemand rief mir zu, ich müsse jetzt noch die Nase zubinden, dann könne mir gewiß nichts mehr passieren.

Jetzt stieg der Flieger ein. Es war ernst mit dem Spielzeug, und als der schwere Mann mit seinem braunen Stiefel derb auf das fingerdünne Holzstänglein trat, brach es nicht zusammen, sondern hielt, und es trug auch mich, und nun saßen wir in unsern Sitzen, im leinwandbekleideten Stangengerüste auf bequemen Sesseln, die Menschenmenge wich ein wenig zurück, die Luft wurde besser.
Herrgott, ich hatte meine Handschuhe liegenlassen. Aber nun mochte ich nimmer stören.
In diesem Augenblick begann der Motor zu surren, vor unsern Augen sauste die Flügelschraube ihren glänzenden Kreis, hinter uns spie der große Vogel Rauch und Gestank aus, schreiend floh zu beiden Seiten das Volk hinweg. Wir fuhren elastisch auf unseren beiden Rädchen über den Rasen, merkwürdig lind und wohlig, und plötzlich wurde mir in meiner Wollenhaube wieder wohl und wild gespannt. Wir fliegen, schrie mein Herz, jetzt gleich fliegen wir.
Da war der Rasen weg und wir stiegen schräg in die Höhe, und das war äußerst wohlig und beruhigend. Wir fliegen! Ja, es ist merkwürdig, aber ich hatte es mir aufregender gedacht.
Nein, ich nehme alles zurück. Es war aufregend genug. Als ich mich eben besann, ob jetzt wohl zehn Sekunden oder eine Stunde seit der Abfahrt vergangen seien, duckte sich der Herr Flieger, ich wurde in die Sitzlehne gedrückt und der Apparat

machte einen Sprung in die Höhe. Da blieb er eine Weile, während der Luftstrom donnernd an meinen Ohren vorübersauste, und machte nun wieder einen Sprung, einen verfluchten, unerwarteten Sprung.
Ich tat einen Blick auf die kreisende Schraube. Wenn das Luder Launen hat, gehen wir kaputt, dachte ich einen Augenblick, aber mehr nur reproduktiv, ich glaubte nur halb daran, und vergaß es sogleich völlig, denn zufällig fiel mein Blick seitwärts auf die Erde und da sah ich erst, daß wir schon hoch, hoch waren. Der Motor sauste, der Wind schrie, meine Hände froren und meine Nase wurde kalt, und da neben mir, an der dünnen Holzlatte vorbei, sah ich die Stadt Bern und die krumme Aare und Fabriken und Kasernen und Reitplätze und Alleen liegen, drollig klein und schief und hingestreut, und es fiel mir ein, wie dieser Anblick des kleinen Getriebes und des zum Spielzeug gewordenen Menschenwesens mir einst vom Zeppelinschiff aus Spaß gemacht hatte.
Aber das war etwas anderes! Dort war es ein behagliches Zuschauen wie aus einer Loge gewesen. Hier waren die Blicke auf Stadt und Felder, die ganze verkürzte und flächenhaft gewordene Welt durchaus nur zufällige Beigaben. Die Hauptsache war: Wir flogen. Und wie wir flogen! Wir stiegen in Wellenlinien hinan, immer höher, und je und je taten wir plötzlich, wie in einer Atempause, einen

kurzen, lautlosen Fall, der Sitz schwand unter mir weg, mein Magen höhlte sich weit. Dann gleich wieder Trieb, Anstieg, Kraftgefühl. Dann wieder der kleine, unberechenbare Fall, Atempause, horchendes Schweigen im Magen.

Die Landschaft ist mir noch immer nicht klar geworden; ich sitze wie ein Knabe, vom Erleben hingenommen, und habe den Verstand daheim gelassen. Ich werfe, von Schauern seliger Bangigkeit unterbrochen, meine Blicke und Atemzüge wie Lieder und Seufzer in die Welt, ich schwebe atemlos mitgerissen in einer ungeheuern Musik durch die Räume, ich bin ganz Kind, ganz Knabe, ganz Abenteurer, ich trinke den berauschenden Wein des Losgerissenseins, der Gleichgültigkeit und Verachtung gegen alles Gestrige, der animalischen Erregung in tiefen Zügen, ich bin Drache und Wolke, Prometheus und Ikarus. …

O Gott, was ist das? Was steht dort so groß, so wirklich und edel mitten in dieser lausigen Welt, die ich so tief verachte, die so schäbig und winzig und kleinlich eingeteilt zu meinen Füßen liegt? Am Rande der Welt, hinter all dem Gewimmel nichtiger Formen und irdischen Getändels, stehen wunderbar und groß die Berge. Ich sehe den riesigen Eiger streng und dunkel, das hohe Schreckhorn einsam und vornehm an seinem Orte stehen, und ich ahne beim Anblick des ungeheuer erweiterten Horizontes so etwas wie einen raschen Flug über die Erde hinweg: wie da die großen Gebirge, Wüsten, Meere einzig übrigbleiben, alles andere versinkt und sich als verwesende Moräne kundgibt.

Wir fallen tief, mein Magen hat sich daran gewöhnt, schon nach Minuten hat er sich angepaßt, und läßt das Kitzeln bleiben. Die Berge sind weg, wir hängen schräg nach links über, gegen einen feindlichen Wind, über die Flügel weg sieht man Jurazüge, senkrecht unter uns die Aare, gepflegten Wald, Höfe – am Ende der Kurve unvermutet einen Blick über die ganze Stadt, vom Bärengraben an aufwärts, wie sie auf ihren Felsen im Bogen der Aare liegt.

Wann werde ich über die Alpen fliegen, über das Meer? Ich muß das einmal bis zur Sättigung auskosten! Ich sehe ja nichts, ich ahne und fühle bloß, ich taumle entzückt und beängstigt durch eine andere, jäh vor mir aufgerissene Welt, nur langsam lerne ich wieder denken. Die Welt ist Erhabenheit, erhaben ist Gebirge, Wüste, Meer. Der Mensch bringt den Humor hinein. Ich beginne sie wieder zu lieben, die Menschen, die da drunten so kleinlich und sonderbar wirtschaften, die den Wald frisiert und die Hälfte der Welt in kleine, umzäunte Landfetzchen zerrissen haben. Ich will nicht schwebende Wolke, treibende Schneeflocke, ziehender Vogel sein, ich will nicht die Berge lieben und die Menschen schmähen, deren schwächster ich bin – ich will mit aller Liebe, deren ich fähig bin, mich zu ihren Schwächen und zu ihrem Stolz bekennen. Das sind nicht die Pferdekräfte und nicht die genauen Rechnungen der technischen Wissenschaft, die mich und den Flieger und Blériot und Latham in die Höhe gerissen haben. Das ist die alte große Sehnsucht, das ist der aus Schwäche geborene Trotz, das ist Titanenerbe. Das hat uns fliegen gelehrt. Aber mit dem Fliegen ist keine Sehnsucht erfüllt, der Bogen ist nur stärker und wilder gespannt, die Kreise des Wunsches sind weiter gezogen, das Herz brennt trotziger.

Träume, Bruchstücke von Gedanken, Bruchstücke von großer Musik umgeben mich. Da weckt mich ein unsäglich bangfrohes, gespanntes, überraschtes, mißtrauisches Gefühl, das durch alle Nerven geht. Der Motor schweigt. Wir hängen in der Höhe, wir neigen uns, und nun kommt das Wunderbarste, wir gleiten auf der elastischen Luft, die uns zuweilen mit leiser Schwellung prellt, wir fahren wachsam und flink hinunter wie ein Automobil mit abgestelltem Motor einen Berg hinab und wie ein Skiläufer sein Halde hinunter gleitet. Dächer, Alleen, Schornsteine springen uns entgegen, größer und größer wird der kleine Rasenplatz, auf den wir zielen, und nun sehe ich, er ist das Flugfeld, und die paar trüben Trauben und Haufen schwärzlichen Gewimmels darauf sind die Menschenmenge. Herrgott, wir fahren mitten in sie hinein! Wir stürzen vorwärts wie rasend, immer dem schwarzen Haufen entgegen, ich sehe einzelne Gruppen und Figuren schon deutlich, sie sind schon dicht vor uns, Weiber schreien auf, Kindermägde rennen entsetzt und verzweifelt mit ihren Babywagen davon, Knaben laufen Galopp, fallen, geben es auf. Wir aber nehmen, es geschieht ohne mein Wissen und fährt mir nochmals, zum letzten Male wunderlich kitzelnd durch den Magen, wir nehmen einen kleinen Anlauf, machen einen Sprung und sind wieder in der Luft. Wir haben nur den Platz für die Landung gesucht und umfliegen das große Feld noch einmal im Kreise, niedriger und niedriger streichend. Längst ist der große Horizont versunken, die Erde wallt zu uns herauf, die Menschenhaufen atmen uns entgegen. Nochmals fliehen sie vor unserer Maschine davon, eine Gasse entsteht, wir gleiten nieder.

»Noch nicht! O noch nicht!« will ich flehend rufen. Die kleinen Räder sind schon aufgeprallt, ein Ruck im Sitz, die Erde ist unter uns und nimmt uns auf, und da halten wir schon, tausend Menschen brüllen und stürzen sich auf den Apparat. Mit einem sonderbaren Gefühl von Kleinheit und Scham steige ich aus, klettere auf die Erde hinab, entkleide mich der Brille, der Mütze, des Mantels, gebe dem Flieger die Hand und gehe hinweg, durch das dichte Volk hindurch, keines Gefühls noch Gedankens sicher, aber in allem, was ich an Sehnsucht und Abenteuerbedürfnis und unbezwinglich triebhaftem Fernweh in mir habe, neu erregt und gestärkt und vertieft.

(1912)

Fahrt im Aeroplan

Durch dünne Lüfte hingerissen,
Das Herz vor wildem Jubel matt,
So fliegen wir im Ungewissen
Hoch über Acker, Fluß und Stadt.

Die Erde weicht und sinkt entlegen
In kleine Nichtigkeit zurück,
Mit atemlosen Flügelschlägen
Erobern wir der Ferne Glück.

Und alle Nähe ist versunken,
Die Welt ward unabsehbar weit,
Wir fliehn erschreckt, doch heimlich trunken
Durch uferlose Einsamkeit …

[Vom Unterwegssein]

Ich besann mich wieder einmal: was ist das nun eigentlich, was unsereinen auf Reisen treibt? Warum fahren wir Jahr um Jahr soviele hundert Meilen, da und dorthin, stehen dankbar und froh vor den Bauwerken und Bildern reicherer Zeiten, sehen neugierig und zufrieden dem Leben fremder Völker zu, die uns nichts angehen, plaudern in Eisenbahnzügen mit fremden Menschen und belauschen einsam das Straßengetriebe fremder Großstädte? Einst war mir das als eine Art von Lernbegier und Bildungsdrang erschienen, damals hatte ich mir Notizhefte voll über Freskenwände altitalienischer Kirchen geschrieben und mein am Essen abgespartes Geld für Photographien alter Skulpturen ausgegeben. Dann wieder war ich dessen müde geworden und hatte das Reisen in ärmeren Ländern vorgezogen, wo Landschaft und fremdes Volkstum allein mich interessierten, und da war mir dieser rätselhafte Reisetrieb als eine Art Abenteuerlust erschienen. Es sind jedoch, genau genommen, keine Abenteuer, die man auf Reisen erlebt, es sei denn, daß man fehlgefahrene Koffer, gestohlene Mäntel, Zimmer mit Schlangen und Betten mit Moskitos als Abenteuer ansähe. Nein, das war auch nicht das Richtige. Heute, wo von Bildungsdurst kaum ein verblaßter Rest in mir verblieben ist, wo ich mir nichts daraus mache, ohne Bädeker und ohne Notizbuch

durch italienische Städte zu bummeln und ganze Kirchen und Sammlungen voll der schönsten Bilder zu versäumen, während ich doch, was ich von dergleichen Dingen finde und sehe, intensiver und zarter als ehemals genieße – heute, wo auch der Glaube an die Abenteuerlichkeit des Reisens mir verlorengegangen ist, gehe ich nicht seltener und mit nicht kleinerem Drang und Bedürfnis auf Reisen als vor fünfzehn oder zehn oder fünf Jahren.
Mir scheint, das Unterwegsein auf Reisen ersetzt unsereinem jene Betätigung des rein ästhetischen Triebes, der unseren Völkern beinahe völlig abhanden gekommen ist, den die Griechen und die Römer und die Italiener der großen Zeiten hatten und den man noch etwa in Japan findet, wo kluge und keineswegs kindische Menschen es verstehen, am Betrachten eines Holzschnitts, eines Baumes oder Felsens, eines Gartens, einer einzelnen Blume die Übung, Reife und Kennerschaft eines Sinnes zu genießen, der bei uns selten und schwach ausgebildet erscheint. Das reine Schauen, das von keinem Zwecksuchen und Wollen getrübte Beobachten, die in sich selbst begnügte Übung von Auge, Ohr, Nase, Tastsinn, das ist ein Paradies, nach dem die Feineren unter uns tiefes Heimweh haben, und beim Reisen ist es, wo wir dem am besten und reinsten nachzugehen vermögen. Die Konzentration, die der ästhetisch Geübte jederzeit sollte hervorrufen können, glückt uns Ärmeren wenigstens in die-

sen Tagen und Stunden der Losgebundenheit, wo keine Sorge, keine Post, kein Geschäft aus der Heimat und dem Alltag uns nachlaufen kann. In dieser Reisestimmung vermögen wir, was wir daheim selten vermögen, stille, zwecklose, dankbare Stunden vor ein paar herrlichen Bildern hinzubringen, hingerissen und offen den Wohlklang edler Bauwerke zu vernehmen, innig und genießerisch den Linien einer Landschaft nachzugehen. Da wird uns zum Bilde, was uns sonst nur im trüben Netz unseres Wollens, unsrer Beziehungen, unsrer Sorgen erscheint: das Leben der Gasse und des Marktes, das Spiel der Sonne und Schatten auf Wasser und Erde, die Form eines Baumes, Schrei und Bewegung eines Tieres, Gang und Betragen der Menschen. Und wer auf Reisen geht, ohne im Innern das zu suchen, der kommt leer zurück und hat höchstens seinen Bildungssack etwas belastet.

Allein hat dieser ästhetische Trieb zum reinen Sehen, zum selbstlosen Aufnehmen nicht doch eine höhere Beziehung? Ist er nur Sehnsucht nach dunklem Lustgefühl? Ist er nur rächende und mahnende Pein eines vernachlässigten Sinnes? Warum gibt mir dann doch der Anblick eines Mantegna mehr als der einer schönen Eidechse, warum ist mir eine Stunde in einer von Giotto ausgemalten Kapelle letzten Grundes doch mehr als eine, die ich am Meeresstrand verliege?

Nein, im Grunde ist es doch überall das Menschliche, was wir suchen und wonach uns dürstet. Ich genieße an einem schönen Berge nicht die zufällige Wirklichkeit, ich genieße mich selbst, ich genieße die Fähigkeit des Sehens, des Linienfühlens, ich laufe in einer schönen fremden Landschaft keineswegs der Kultur davon, sondern übe und liebe und genieße Kultur, indem ich meine Sinne und Gedanken an ihr übe. Darum kehre ich auch immer wieder dankbar und willig zu den Künsten zurück, darum gewährt mir ein kühner Bau, eine schön bemalte Wand, eine gute Musik, eine wertvolle Zeichnung schließlich doch mehr Genuß, mehr Befriedigung dunklen Suchens, als das Beobachten natürlicher Schönheiten. Ich glaube, das, worauf jener ästhetische Trieb hinausgeht, ist keineswegs ein Loskommen von uns selbst, sondern nur ein Loskommen von unseren schlechteren Instinkten und Gewohnheiten, und eine Bestätigung des Besten in uns, eine Bestätigung unsres heimlichen Glaubens an den Menschengeist. Denn wie ein wohliges Bad im Meer, ein frohes Ballspiel, eine tapfere Schneewanderung mein leibliches Ich bestätigt, ihm in seinen besten Gelüsten und Ahnungen recht gibt und durch Wohlbefinden auf sein Verlangen antwortet, so antwortet beim reinen Schauen der große Schatz menschlicher Kultur, geistiger Leistung auf unseren fordernden Glauben an die Menschheit überhaupt. Was soll mir die Freude an Tizian, wenn seine Bilder mir nicht

Ahnungen wahr machen, Triebe bestätigen, Ideale erfüllen?
So, scheint mir, reisen wir und schauen und erleben die Fremde, im tiefsten Grunde als Sucher nach dem Ideal des Menschentums. Darin bestätigt uns und bestärkt uns eine Figur von Michelangelo, eine Musik von Mozart, ein toskanischer Dom oder griechischer Tempel, und diese Bestätigung und Bestärkung unsres Verlangens nach einem Sinn, einer tiefen Einigkeit, einer Unsterblichkeit der menschlichen Kultur ist es, was wir auf Reisen besonders innig genießen, auch wenn wir nicht klar daran denken.
Lange saß ich noch und dachte nach, und die Gedanken flossen mit den Erinnerungen an hundert Reisen, seit der frühesten Jugend, zusammen, und es wurde mir klar: wieviel auch die Zeit wegnimmt, wie sehr man altern, ermüden, schwächer werden mag, jenes Erlebnis, das der Sinn unsres Reisedranges ist, wird nie seinen Glanz verlieren und wenn ich in zehn und zwanzig Jahren mit anderen Ansichten, anderen Erfahrungen, anderen Perspektiven als heute durch die Welt reisen werde, so wird es schließlich doch im selben Sinne geschehen wie heute, und es wird mir, über alle Verschiedenheit und reizvolle Gegensätzlichkeit der Länder und Völker hinweg, immer mehr und immer klarer der einheitliche Sinn alles Menschentums entgegentreten.

(1913)

Musik

Wieder sitze ich auf meinem bescheidenen Eckplatz im Konzertsaal, der mir lieb ist, weil ich niemand hinter mir sitzen habe, und wieder rauscht der leise Lärm und glitzert das reiche Licht des vollen Saales mild und fröhlich auf mich ein, indes ich warte, im Programm lese und die süße Spannung fühle, die nun bald der klopfende Taktstock des Dirigenten aufs höchste treiben und die gleich darauf der erste schwellende Orchesterklang entladen und erlösen wird. Ich weiß nicht, wird er hoch und aufreizend schwirren wie hochsommerlicher Insektentanz in der Julinacht, wird er mit Hörnern einsetzen, hell und freudig, wird er dumpf und schwül in gedämpften Bässen atmen? Ich kenne die Musik nicht, die mich heute erwartet, und ich bin voll Ahnung und suchendem Vorgefühl, voll von Wünschen, wie es sein möge, und voll Vorgenuß und Zuversicht, es werde sehr schön sein. Denn Freunde haben mir das erzählt.

Vorn im großen weißen Saal haben sich die Schlachtreihen geordnet, hoch stehen die Kontrabässe aufgerichtet und schwanken leise mit Giraffenhälsen, gehorsam beugen sich die nachdenklichen Cellisten über ihre Saiten, das Stimmen ist schon fast vorüber, ein letzter probender Laut aus einer Klarinette triumphiert aufreizend herüber.

Jetzt ist der köstliche Augenblick, jetzt steht der

Dirigent lang und schwarz gereckt, die Lichter im Saale sind plötzlich ehrfürchtig erloschen, auf dem Pult leuchtet geisterhaft, von unsichtbarer Lampe heftig bestrahlt, die weiße Partitur. Unser Dirigent, den wir alle dankbar lieben, hat mit dem Stäbchen gepocht, er hat beide Arme ausgebreitet und steht steil gespannt in drängender Bereitschaft. Und jetzt wirft er den Kopf zurück, man ahnt selbst von hinten das feldherrnhafte Blitzen seiner Augen, er regt die Hände wie Flügelspitzen, und alsbald ist der Saal und die Welt und mein Herz von kurzen, raschen, schaumigen Geigenwellen überflutet. Hin ist Volk und Saal, Dirigent und Orchester, hin und versunken ist die ganze Welt, um vor meinen Sinnen in neuen Formen wiedergeschaffen zu werden. Weh dem Musikanten, der es jetzt unternähme, uns Erwartungsvollen eine kleine, schäbige Welt aufzubauen, eine unglaubhafte, erklügelte, verlogene!
Aber nein, ein Meister ist am Werk. Aus der Leere und Versunkenheit des Chaos wirft er eine Woge empor, breit und gewaltig, und über der Woge bleibt eine Klippe stehen, ein öder Inselsitz, eine bange Zuflucht überm Abgrund der Welten, und auf der Klippe steht ein Mensch, steht der Mensch, einsam im Grenzenlosen, und in die gleichmütige Wildnis tönt sein schlagendes Herz mit beseelender Klage. In ihm atmet der Sinn der Welt, ihn erwartet das gestaltlose Unendliche, seine einsame Stimme fragt in die leere Weite, und seine Frage ist es, die

Gestalt, Ordnung, Schönheit in die Wüste zaubert. Hier steht ein Mensch, ein Meister zwar, aber er steht erschüttert und zweifelnd überm Abgrund, und in seiner Stimme liegt Grauen.

Aber siehe, die Welt tönt ihm entgegen, Melodie strömt in das Unerschaffene, Form durchdringt das Chaos, Gefühl hallt in dem unendlichen Raume wider. Es geschieht das Wunder der Kunst, die Wiederholung der Schöpfung. Stimmen antworten der einsamen Frage, Blicke strahlen dem suchenden Auge entgegen, Herzschlag und Möglichkeit der Liebe dämmert aus der Öde empor, und im Morgenrot seines jungen Bewußtseins nimmt der erste Mensch von der willigen Erde Besitz. Stolz blüht in ihm auf und tiefe freudige Rührung, seine Stimme wächst und herrscht, sie verkündet die Botschaft der Liebe.

Schweigen tritt ein; der erste Satz ist zu Ende. Und wieder hören wir ihn, den Menschen, in dessen Sein und Seele wir einbegriffen sind. Die Schöpfung geht ihren Gang, es entsteht Kampf, es entsteht Not, es entsteht Leiden. Er steht und klagt, daß uns das Herz zittert, er leidet unerwiderte Liebe, er erlebt die furchtbare Vereinsamung durch Erkenntnis. Stöhnend wühlt die Musik im Schmerz, ein Horn ruft klagend wie in letzter Not, das Cello weint verschämt, aus dem Zusammenklang vieler Instrumente gerinnt eine schaudernde Trauer, fahl und hoffnungslos, und aus der Nacht des Leidens steigen Melodien, Erinnerungen vergangener Seligkeit, wie fremde Sternbilder in trauriger Kühle herauf.

Aber der letzte Satz spinnt aus der Trübe einen goldenen Trostfaden heraus. O, wie die Oboe emporsteigt und ausweinend niedersinkt! Kämpfe lösen sich zu schöner Klarheit, häßliche Trübungen schmelzen hin und blicken plötzlich still und silbern, Schmerzen flüchten sich schamvoll in erlösendes Lächeln. Verzweiflung wandelt sich mild in Erkenntnis der Notwendigkeit, Freude und Ordnung kehren erhöht und verheißungsvoller wieder, vergessene Reize und Schönheiten treten hervor und zu neuen Reigen zusammen. Und alles vereinigt sich, Leid und Wonne, und wächst in großen Chören hoch und höher, Himmel tun sich auf, und segnende Götter blicken tröstlich auf die ansteigenden Stürme der Menschensehnsucht nieder. Ausgeglichen, erobert und zum Frieden gebracht, schwebt die Welt einen süßen Augenblick, sechs Takte lang, selig in begnügter Vollendung, in sich beglückt und vollkommen! Und das ist das Ende. Noch vom großen Eindruck betäubt, suchen wir uns durch Klatschen zu erleichtern. Und in dem Getümmel erregter, beifallklatschender Minuten wird uns klar, wird uns jedem von sich selbst und vom andern bestätigt, daß wir etwas Großes und herrlich Schönes erlebt haben.

Manche »fachmännische« Musiker erklären es für

falsch und dilettantenhaft, wenn der Hörer während einer musikalischen Aufführung Bilder sieht: Landschaften, Menschen, Meere, Gewitter, Tages- und Jahreszeiten. Mir, der ich so sehr Laie bin, daß ich auch nicht die Tonart eines Stückes richtig erkennen kann, mir scheint das Bildersehen natürlich und gut; ich fand es übrigens schon bei guten Fachmusikern wieder. Selbstverständlich mußte beim heutigen Konzert durchaus nicht jeder Hörer dasselbe sehen wie ich: die große Woge, die Klippeninsel des Einsamen und alles das. Wohl aber, scheint mir, mußte in jedem Zuhörer diese Musik dieselbe Vorstellung eines organischen Wachsens und Seins hervorrufen, eines Entstehens, eines Kämpfens und Leidens und schließlich eines Sieges. Ein guter Wanderer mochte ganz wohl dabei die Bilder einer langen und gefahrvollen Alpentour vor Augen haben, ein Philosoph das Erwachen eines Bewußtseins und sein Werden und Leiden bis zum dankbaren, reifen Jasagen, ein Frommer den Weg einer suchenden Seele von Gott weg und zu einem größeren, gereinigten Gotte zurück. Keiner aber, der überhaupt willig zugehört, konnte den dramatischen Bogen dieses Gebildes verkennen, den Weg vom Kind zum Manne, vom Werden zum Sein, vom Einzelglück zur Versöhnung mit dem Willen des Alls.

In satirischen und humoristischen Romanen oder Feuilletons habe ich manchmal erbärmliche und bedauernswerte Typen von Konzertbesuchern verhöhnt gefunden: den Geschäftsmann, der während des Trauermarsches der Eroica an Wertpapiere denkt, die reiche Dame, die in ein Brahmskonzert geht, um ihren Schmuck zu zeigen, die Mutter, die eine heiratsbedürftige Tochter unter den Klängen Mozarts zu Markte führt, und wie alle diese Figuren heißen mögen. Ohne Zweifel muß es solche Menschen geben, sonst kehrten ihre Bilder nicht so häufig bei den Schriftstellern wieder.

Mir aber sind sie trotzdem stets unglaublich erschienen und unbegreiflich geblieben. Daß man in ein Konzert gehen kann wie in eine Gesellschaft oder zu einem offiziellen Anlaß: gleichmütig und stumpf oder berechnend mit eigennützigen Absichten oder eitel und protzenhaft, das kann ich begreifen, das ist menschlich und belächelnswert. Ich selber bin, da ich die Musiktage ja nicht selber ansetzen kann, schon manchmal ohne gute und andächtige Stimmung ins Konzert gegangen, müde oder verärgert oder krank oder voll Sorgen.

Aber daß Menschen eine Symphonie von Beethoven, eine Serenade von Mozart, eine Kantate von Bach, wenn erst der Taktstock tanzt und die Tönewellen fluten, mit Gleichmut anhören können, unverändert in der Seele, ohne Ergriffenheit und Aufschwung, ohne Schrecken und Scham oder Trauer, ohne Weh oder Freudenschauer – das ist mir nie verständlich geworden. Man kann schwerlich vom technischen Apparat viel weniger verstehen als ich – kaum daß ich Noten lesen kann! – aber daß es in den Werken der großen Musiker, wenn überhaupt irgendwo in der Kunst, sich um höchstgesteigertes Menschenleben handelt, um das Ernsteste und Wichtigste für mich und dich und jedermann, das müßte doch auch der ärmste Laie noch fühlen können! Das ist ja das Geheimnis der Musik, daß sie nur unsere Seele fordert, die aber ganz, sie fordert nicht Intelligenz und Bildung, sie stellt über alle Wissenschaften und Sprachen hinweg in vieldeutigen, aber im letzten Sinne immer selbstverständlichen Gestaltungen stets nur die Seele des Menschen dar. Je größer der Meister, desto unbeschränkter die Gültigkeit und Tiefe seines Schauens und Erlebens. Und wieder: je vollkommener die rein musikalische Form, desto unmittelbarer die süße Wirkung auf unsere Seele. Mag ein Meister nichts anderes erstreben als den stärksten und schärfsten Ausdruck für seine eigenen seelischen Zustände oder mag er sehnsüchtig von sich selber weg einem Traume reiner Schönheit nachgehen, beidemal wird sein Werk ohne weiteres verständlich und unmittelbar wirken. Das Technische kommt erst viel später. Ob Beethoven in irgendeinem Stück die Geigernoten nicht sehr handgerecht gesetzt hat, ob Berlioz irgendwo mit einem Horneinsatz etwas ungewöhnlich Kühnes wagt, ob die mächtige Wirkung dieser und jener Stelle auf einem

Orgelpunkt beruht oder nur klanglich auf einer Dämpfung der Celli oder auf was immer, das zu wissen ist schön und nützlich, aber es ist für den Genuß einer Musik entbehrlich.

Und ich glaube sogar, gelegentlich urteilt ein Laie über Musik richtiger und reiner als mancher Musiker. Es gibt nicht wenige Stücke, die am Laien als ein angenehmes, doch unwichtiges Spiel ohne großen Eindruck vorüberrauschen, während ihre technische Könnerschaft den Eingeweihten hoch entzückt. So schätzen auch wir Literaten manches Werk der Dichtung, das für Naive gar keine Zauber hat. Aber es ist mir kein großes Werk eines echten Meisters bekannt, das seine Wirkung nur auf Sachverständige übte. Und weiter sind wir Laien so glücklich, ein schönes Werk auch in teilweise mangelhafter Aufführung noch tief genießen zu können. Wir erheben uns mit feuchten Augen und fühlen uns in allen Gründen der Seele geschüttelt, ermahnt, angeklagt, gereinigt, versöhnt, während der Fachmann über eine Tempoauffassung streitet oder wegen eines unpräzisen Einsatzes alle Freude verloren hat.

Gewiß hat dafür der Kenner auch Genüsse, vor denen wir Unkundigen versagen. Indessen gerade die seltenen, klanglich einzigen Höchstleistungen: den Zusammenklang eines Streichquartetts von lauter alten, sehr köstlichen Instrumenten, den süßen Reiz eines seltenen Tenors, die warme Fülle einer außerordentlichen Altstimme, dies alles empfindet ein zartes Ohr, von allem Wissen unabhängig, ganz elementar. Das mitzufühlen ist Sache der sinnlichen Sensibilität, nicht der Bildung, obwohl natürlich auch das sinnliche Genießen geschult werden kann. Und ähnlich ist es mit den Leistungen der Dirigenten. Bei Werken von hohem Wert wird gar nie die technische Meisterschaft des Kapellmeisters allein den Rang seiner Leistung bestimmen, sondern weit mehr seine menschliche Feinfühligkeit, sein seelischer Umfang, sein persönlicher Ernst.

Was wäre unser Leben ohne Musik! Es brauchen ja gar nicht Konzerte zu sein. Es genügt in tausend Fällen ein Tippen am Klavier, ein dankbares Pfeifen, Singen oder Summen oder auch nur das stumme Sicherinnern an unvergeßliche Takte. Wenn man mir, oder jedem halbwegs Musikalischen, etwa die Choräle Bachs, die Arien aus der Zauberflöte und dem Figaro wegnähme, verböte oder gewaltsam aus dem Gedächtnis risse, so wäre das für uns wie der Verlust eines Organes, wie der Verlust eines halben, eines ganzen Sinnes. Wie oft, wenn nichts mehr helfen will, wenn auch Himmelsblau und Sternennacht uns nimmer erfreuen und kein Buch eines Dichters mehr für uns vorhanden ist, wie oft erscheint da aus Schätzen der Erinnerung ein Lied von Schubert, ein Takt von Mozart, ein Klang aus einer Messe, einer Sonate – wir wissen nicht mehr, wo und wann wir sie gehört –

und leuchtet hell und rüttelt uns auf und legt uns Liebeshände auf schmerzliche Wunden ... Ach, was wäre unser Leben ohne Musik!

(1915)

In Sand geschrieben

Daß das Schöne und Berückende
Nur ein Hauch und Schauer sei,
Daß das Köstliche, Entzückende,
Holde ohne Dauer sei:
Wolke, Blume, Seifenblase,
Feuerwerk und Kinderlachen,
Frauenblick im Spiegelglase
Und viel andre, wunderbare Sachen,
Daß sie, kaum entdeckt, vergehen,
Nur von Augenblickes Dauer,
Nur ein Duft und Windeswehen,
Ach, wir wissen es mit Trauer.
Und das Dauerhafte, Starre
Ist uns nicht so innig teuer:
Edelstein mit kühlem Feuer,
Glänzendschwere Goldesbarre;
Selbst die Sterne, nicht zu zählen,
Bleiben fern und fremd, sie gleichen
Uns Vergänglichen nicht, erreichen
Nicht das Innerste der Seelen.
Nein, es scheint das innigst Schöne,
Liebenswerte dem Verderben
Zugeneigt, stets nah am Sterben,
Und das Köstlichste: die Töne
Der Musik, die im Entstehen
Schon enteilen, schon vergehen,
Sind nur Wehen, Strömen, Jagen

Und umweht von leiser Trauer,
Denn auch nicht auf Herzschlags Dauer
Lassen sie sich halten, bannen;
Ton um Ton, kaum angeschlagen,
Schwindet schon und rinnt von dannen.

So ist unser Herz dem Flüchtigen,
Ist dem Fließenden, dem Leben
Treu und brüderlich ergeben,
Nicht dem Festen, Dauertüchtigen.
Bald ermüdet uns das Bleibende,
Fels und Sternwelt und Juwelen,
Uns in ewigem Wandel treibende
Wind- und Seifenblasenseelen,
Zeitvermählte, Dauerlose,
Denen Tau am Blatt der Rose,
Denen eines Vogels Werben,
Eines Wolkenspieles Sterben,
Schneegeflimmer, Regenbogen,
Falter, schon hinweggeflogen,
Denen eines Lachens Läuten,
Das uns im Vorübergehen
Kaum gestreift, ein Fest bedeuten
Oder wehtun kann. Wir lieben,
Was uns gleich ist, und verstehen,
Was der Wind in Sand geschrieben.

Von der Seele

Unrein und verzerrend ist der Blick des Wollens. Erst wo wir nichts begehren, erst wo unser Schauen reine Betrachtung wird, tut sich die Seele der Dinge auf, die Schönheit. Wenn ich einen Wald beschaue, den ich kaufen, den ich pachten, den ich abholzen, in dem ich jagen, den ich mit einer Hypothek belasten will, dann sehe ich nicht den Wald, sondern nur seine Beziehungen zu meinem Wollen, zu meinen Plänen und Sorgen, zu meinem Geldbeutel. Dann besteht er aus Holz, ist jung oder alt, gesund oder krank. Will ich aber nichts von ihm, blicke ich nur „gedankenlos“ in seine grüne Tiefe, dann erst ist er Wald, ist Natur und Gewächs, ist schön.
So ist es mit den Menschen und ihren Gesichtern auch. Der Mensch, den ich mit Furcht, mit Hoffnung, mit Begehrlichkeit, mit Absichten, mit Forderungen ansehe, ist nicht Mensch, er ist nur ein trüber Spiegel meines Wollens. Ich blicke ihn, wissend oder unbewußt, mit lauter beengenden, fälschenden Fragen an: Ist er zugänglich oder stolz? Achtet er mich? Kann man ihn anpumpen? Versteht er etwas von Kunst? Mit tausend solchen Fragen sehen wir die meisten Menschen an, mit denen wir zu tun haben, und wir gelten für Menschenkenner und Psychologen, wenn es uns glückt, in ihrer Erscheinung, in ihrem Aussehen und Benehmen das zu deuten, was unseren Absichten dient oder

widerstrebt. Aber diese Einstellung ist eine ärmliche, und in dieser Art Seelenkunde ist der Bauer, der Hausierer, der Winkeladvokat den meisten Politikern oder Gelehrten überlegen.
Im Augenblick, wo das Wollen ruht und die Betrachtung aufkommt, das reine Sehen und Hingegebensein, wird alles anders. Der Mensch hört auf, nützlich oder gefährlich zu sein, interessiert oder langweilig, gütig oder roh, stark oder schwach. Er wird Natur, er wird schön und merkwürdig wie jedes Ding, auf das reine Betrachtung sich richtet. Denn Betrachtung ist ja nicht Forschung oder Kritik, sie ist nichts als Liebe. Sie ist der höchste und wünschenswerteste Zustand unserer Seele: begierdelose Liebe.
Haben wir diesen Zustand erreicht, es sei nun für Minuten, Stunden oder Tage (ihn immer innezuhalten, wäre die vollkommene Seligkeit), dann sehen die Menschen anders aus als sonst. Sie sind nicht mehr Spiegel oder Zerrbilder unseres Wollens, sie sind wieder Natur geworden. Schön und häßlich, alt und jung, gütig und böse, offen und verschlossen, hart und weich sind keine Gegensätze, sind keine Maßstäbe mehr. Alle sind schön, alle sind merkwürdig, keiner mehr kann verachtet, kann gehaßt, kann mißverstanden werden.
Wie, vom Standpunkt der stillen Betrachtung aus, alle Natur nichts andres ist als wechselnde Erscheinungsform ewig zeugenden, unsterblichen Lebens,

so ist des Menschen Rolle und Aufgabe im besonderen, Seele darzustellen. Unnütz, zu streiten, ob »Seele« etwas Menschliches sei, ob sie nicht auch dem Tier, der Pflanze innewohne! Gewiß ist Seele überall, ist überall möglich, überall vorbereitet, überall geahnt und gewollt. Aber wie wir nicht den Stein, sondern das Tier als Träger und Ausdruck der Bewegung empfinden (obwohl auch im Stein Bewegung, Leben, Aufbau, Zerfall, Schwingung ist), so suchen wir Seele vor allem bei den Menschen. Wir suchen sie da, wo sie am sichtbarsten da ist, leidet, handelt. Und der Mensch erscheint uns als die Weltecke, als die spezielle Provinz, deren derzeitige Aufgabe es ist, Seele zu entwickeln – wie es einst seine Aufgabe war, zweibeinig zu werden, den Tierpelz abzustreifen, Werkzeug zu erfinden, Feuer zu schaffen.

So wird uns die gesamte Menschenwelt zu einer Darstellung der Seele. Wie ich in Berg und Fels die Urkräfte der Schwere, im Tier die Beweglichkeit und angestrebte Freiheit sehe und liebe, so sehe ich im Menschen (der jenes alles ja auch mit darstellt) vor allem jene Form und Äußerungsmöglichkeit des Lebens, die wir »Seele« nennen und die uns Menschen nicht nur eine beliebige Lebensstrahlung unter tausend anderen zu sein scheint, sondern eine besondere, eine auserwählte, hochentwickelte, ein Endziel. Denn einerlei, ob wir materialistisch oder idealistisch oder sonstwie denken, ob wir die

»Seele« als Göttliches oder als verbrennende Materie uns denken – wir kennen sie doch alle und werten sie hoch; für jeden von uns ist beseelter Menschenblick, ist Kunst, ist Seelengestaltung die oberste, jüngste, wertvollste Stufe und Welle alles organischen Lebens.

So wird der Mitmensch uns zum edelsten, obersten, wertvollsten Gegenstand der Betrachtung. Nicht jeder übt diese selbstverständliche Wertung natürlich und ungehemmt – ich weiß das von mir selbst. Ich habe in der Jugendzeit nähere und innigere Beziehungen zu Landschaften und Kunstwerken als zu Menschen gehabt, ja, ich träumte jahrelang von einer Dichtung, in der nur Luft, Erde, Wasser, Baum, Berg und Tier vorkämen und keine Menschen. Ich sah den Menschen so von der Bahn der Seele abgelenkt, so von Wollen beherrscht, so roh und wild hinter tierischen, äffischen, urweltlichen Zielen her, so auf Tand und Schund erpicht, daß mich vorübergehend der schlimme Irrtum beherrschen konnte, vielleicht sei der Mensch, als Weg zur Seele, schon verworfen und im Rückgang begriffen, als müsse anderswo aus der Natur diese Quelle sich ihren Weg suchen.

Wenn man zusieht, wie zwei moderne Durchschnittsmenschen, die sich eben erst durch Zufall kennenlernen und eigentlich gar nichts Materielles voneinander begehren – wie diese zwei sich gegeneinander benehmen, dann fühlt man es beinahe sinnlich, wie dicht jeder Mensch von seiner zwingenden Atmosphäre, von einer Schutzkruste und Abwehrschicht umgeben ist, von einem Netz gewoben aus lauter Ablenkungen vom Seelischen, aus Absichten, Ängsten und Wünschen, die alle auf unwesentliche Ziele gerichtet sind, die ihn von allen anderen trennen. Es ist, als dürfe die Seele nur ja nicht zu Wort kommen, als sei es notwendig, sie ganz mit hohen Zäunen zu umgeben, mit Zäunen der Angst und der Scham. Nur die wunschlose Liebe vermag dies Netz zu durchbrechen. Und überall, wo es durchbrochen ist, blickt die Seele uns an.

Sitze in der Eisenbahn und beachte zwei junge Herren, die einander begrüßen, weil der Zufall sie für eine Stunde zu Nachbarn gemacht hat. Ihre Begrüßung ist unendlich merkwürdig, ist beinahe ein Trauerspiel. Aus Urfernen der Fremde, Kälte, aus einsamen vereisten Polen her scheinen diese harmlosen Leute einander zu begrüßen – ich denke natürlich nicht an Malaien oder Chinesen, sondern an moderne Europäer – sie scheinen jeder für sich in einer Festung von Stolz, gefährdetem Stolz, von Argwohn und Kühle zu wohnen. Was sie reden, ist vollkommener Unsinn, wenn man es äußerlich betrachtet, ist verkalkte Hieroglyphe aus der seelenlosen Welt, der wir beständig entwachsen und deren durchbrochene Eisränder beständig an uns hangen. Selten, überaus selten sind die Menschen, deren Seele auch schon im täglichen Reden sich äußert. Sie sind schon mehr als Dichter, sind fast schon Heilige. Wohl hat auch das »Volk« Seele, der Malaie und Neger, und zeigt in Gruß und Anrede mehr Seele als der Durchschnittsmann bei uns. Aber seine Seele ist nicht die, die wir suchen und wollen, obwohl auch sie uns lieb und nah verwandt ist. Die Seele des Primitiven, der noch keine Entfremdung, keine Mühsal einer entgötterten und mechanisierten Welt kennt, ist eine kollektive, schlichte, kindliche Seele, etwas Schönes und Liebliches, aber nicht unser Ziel. Unsere beiden jungen Europäer im Bahnwagen sind schon weiter. Sie zeigen wenig Seele oder gar keine, sie scheinen ganz aus organisiertem Wollen, aus Verstand, Absicht, Plan zu bestehen. Sie haben ihre Seele verloren in der Welt des Geldes, der Maschinen, des Mißtrauens. Sie sollen sie wiederfinden, und sie werden krank werden und leiden, wenn sie die Aufgabe versäumen. Aber was sie dann haben werden, wird nicht die verlorene Kinderseele mehr sein, sondern eine weit feinere, weit persönlichere, weit freiere und verantwortungsfähigere. Nicht zum Kind, zum Primitiven zurück sollen wir, sondern weiter, vorwärts, zu Persönlichkeit, Verantwortlichkeit, Freiheit.

Von diesen Zielen und ihrer Ahnung ist hier noch nichts zu spüren. Die zwei jungen Männer sind weder primitiv, noch sind sie Heilige. Sie sprechen die Sprache des Alltags, eine Sprache, die zu den Zielen der Seele so wenig paßt wie eine Gorillahaut, die wir aber nur langsam und in hundert tastenden Versuchen abstreifen können.

Diese urweltliche, rohe, stammelnde Sprache lautet etwa so:

»Morgen«, sagt der eine.

»Tag«, sagt der andere.

»Gestatten?« der eine.

»Bitte«, der andere.

Damit ist gesagt, was gesagt werden mußte. Bedeutung haben die Worte nicht, sie sind reine Schmuckformen des primitiven Menschen, ihr Zweck und Wert ist derselbe wie der des Ringes, den sich ein Neger durch die Nase zieht.

Äußerst seltsam aber ist der Ton, in dem die rituellen Worte gesprochen werden. Es sind Höflichkeitsworte. Ihr Ton aber ist sonderbar kurz, knapp, sparsam, kühl, um nicht zu sagen böse. Es ist kein Grund zu Streitigkeiten da, im Gegenteil, und keiner von den beiden denkt Böses. Aber Miene und Ton sind kühl, sind gemessen, schroff, fast wie gekränkt. Der Blonde zieht bei seinem »Bitte« die Brauen hoch mit einem Ausdruck, der an Verachtung grenzt. Er empfindet nicht so. Er übt eine Formel aus, die in Jahrzehnten eines seelenlosen Verkehrs zwischen Menschen sich als Schutzform ausgebildet hat. Er meint sein Innerstes, seine Seele, verbergen zu müssen; er weiß nicht, daß sie nur im Aufzeigen und Hingeben gedeiht. Er ist stolz, er ist eine Persönlichkeit, kein naiver Wilder mehr. Aber sein Stolz ist jammervoll unsicher, er muß sich verschanzen, muß Wälle von Abwehr und Kälte um sich ziehen. Dieser Stolz wäre vernichtet, wenn man ihm ein Lächeln abgewänne. Und diese ganze Kälte, dieser ganze böse, nervöse, stolze und dabei unsichere Ton des Verkehrs zwischen »Gebildeten« zeigt Krankheit an, notwendige und darum hoffnungsvolle Krankheit der Seele, die sich gegen Vergewaltigung nicht anders zu wehren weiß als durch solche Zeichen.

Wie ist diese Seele scheu, wie ist sie schwach, wie jung und wenig anerkannt fühlt sie sich auf Erden! Wie verbirgt sie sich, wie hat sie Angst!

Wenn jetzt einer von den beiden Herren das täte, was er eigentlich will und fühlt, so böte er dem andern die Hand oder streichelte seine Schulter und würde etwa sagen: »Lieber Gott, ist das ein schöner Morgen, alles wie Gold, und ich habe Ferien. Gelt, meine neue Krawatte ist fein?! Du, ich habe Äpfel im Koffer, willst du einen?«

Wenn er wirklich so spräche, so würde der andere etwas ungemein Freudiges und Rührendes fühlen, etwas von Lachen und etwas von Schluchzen. Denn er würde genau spüren, daß hier die Seele des andern sprach, daß es nicht auf die Äpfel und nicht auf die Krawatte und überhaupt auf nichts anderes ankommt als darauf, daß hier ein Durchbruch stattgefunden hat, daß etwas ans Licht gekommen ist,

was dahin gehört und was wir alle auf Grund einer Vereinbarung zurückhalten – ach, auf Grund einer Vereinbarung, deren Zwang noch gilt und deren einstigen Zusammenbruch wir doch schon fühlen!
Also er würde so empfinden, aber er würde das nicht äußern. Er würde zu einem mechanischen Schutzmittel greifen, einen sinnlosen Redebrocken hinwerfen, eines unserer tausend Ersatzworte. Er würde ein wenig meckern und sagen: »Ja ... häm ... sehr schön«, oder etwas dergleichen, und würde wegblicken mit einer Kopfbewegung voll beleidigter und gefolterter Geduld. Er würde mit seiner Uhrkette spielen, durch das Fenster starren und durch zwanzig solcher Hieroglyphen zum Ausdruck bringen, daß er seine innere Freude keineswegs zu äußern gesonnen sei, daß er nichts zeigen, nichts zugestehen könne als höchstens ein gewisses Mitleid mit diesem zudringlichen Herrn.
Indessen, dies alles geschieht nicht. Der Dunkle hat tatsächlich Äpfel im Koffer und hat tatsächlich eine riesige Bubenfreude über den schönen Tag und seine Ferien, über seine Krawatte und die gelben Schuhe. Aber wenn der Blonde jetzt beginnen würde: »Üble Sache das mit der Valuta«, dann wird der Dunkle nicht tun, wie seine Seele will, er wird nicht rufen: »Ach was, lassen Sie uns vergnügt sein, was geht uns jetzt die Valuta an!« sondern er wird mit sorgenvollem Gesicht und einem Seufzer sagen: »Tja, es ist scheußlich!«

Es ist wunderbar zu sehen: diese beiden Herren haben (wie wir alle) scheinbar gar keine Mühe, sich so zu benehmen, sich so ungeheuern Zwang anzutun. Sie können mit lachendem Herzen seufzen, mit mitteilungsbedürftiger Seele Kälte und Abwehr heucheln.

Aber du beobachtest weiter. Ist auch die Seele nicht in den Worten, nicht in den Mienen, nicht im Ton der Stimme, irgendwo wird sie doch sein. Und du siehst: Der Blonde hat sich jetzt vergessen, er fühlt sich unbeobachtet, und wie er zum Wagenfenster hinaus auf die fernen zackigen Wälder blickt, ist sein Blick frei und unverstellt und ist voll von Jugend, von Sehnsucht, von naiven, heißen Träumen. Er sieht ganz anders aus, jünger, einfacher, harmloser, vor allem hübscher.

Der andere aber, der ebenfalls so tadellose und unnahbare Herr, er steht auf und greift mit der Hand nach seinem Koffer über sich ins Netz. Er tut so, als wolle er dessen Lage prüfen, sein Herabfallen verhindern, allein der Koffer liegt sehr gut und fest und hat keine derartige Sorge nötig. Der junge Mann will ihn auch gar nicht festhalten, er will ihn nur anfühlen, sich seiner vergewissern, ihn zärtlich berühren. Denn in dem tadellos sachlichen Lederkoffer ist außer den Äpfeln und außer der Wäsche noch etwas Wichtiges, noch ein Heiligtum, ein Geschenk für seinen Schatz daheim, ein Dachshund aus Porzellan oder ein Kölner Dom aus Marzipan, einerlei was, aber jedenfalls etwas, woran dieser junge Mann zur Zeit hängt, womit seine Träume spielen, was sie lieben und vergöttern, was er am liebsten beständig in Händen halten, streicheln und bewundern würde.

Während einer Stunde Bahnfahrt hast du nun zwei junge Leute beobachtet, einigermaßen gebildete Durchschnittsleute von heute. Sie haben Worte gesprochen, haben Grüße getauscht, Meinungen getauscht, haben mit den Köpfen genickt und geschüttelt, sie haben tausend kleine Dinge getan, Handlungen verrichtet, Bewegungen ausgeführt, und an nichts davon war ihre Seele beteiligt, an keinem Wort, an keinem Blick, alles war Maske, alles war Mechanik, alles, mit Ausnahme des einen vergessenen Blickes aus dem Fenster nach dem bläulich fernen Wald und des kurzen, ungeschickten Griffes nach dem Lederkoffer.

Und du denkst: O ihr scheuen Seelen! Werdet ihr einmal hervorbrechen? Vielleicht schön und freundlich in einem erlösenden Erlebnis, im Bund mit einer Braut, im Kampf für einen Glauben, in Tat und Opfer – vielleicht jäh und verzweifelt in einer hastigen Tat des vergewaltigten, verdeckten, verdüsterten Herzenswillens, in einer wilden Anklage, in einem Verbrechen, einer Schreckenstat? Und ich und wir alle: wie werden wir unsere Seelen durch diese Welt bringen? Wird es uns gelingen, ihnen zum Recht zu helfen, sie in unsere Gebärden,

in unsere Worte einzulassen? Werden wir resignieren, werden wir der Menge und Trägheit folgen, den Vogel immer wieder einsperren, uns immer wieder Ringe durch die Nase ziehen?
Und du fühlst: Überall, wo Nasenringe und Gorillahäute abgeworfen werden, da ist Seele am Werk. Wäre sie ungehemmt, wir würden miteinander reden wie die Menschen Goethes und würden jeden Atemzug als einen Gesang empfinden. Arme, herrliche Seele, wo du bist, da ist Revolution, ist Bruch mit Verkommenen, ist neues Leben, ist Gott. Seele ist Liebe, Seele ist Zukunft, und alles andere ist nur Ding, nur Stoff, nur Hindernis, unsere göttliche Kraft im Formen und im Zerbrechen daran zu üben.
Weiter kommen Gedanken: Leben wir nicht in einer Zeit, wo Neues sich laut verkündet, wo Bindungen der Menschheit umgerüttelt werden, wo in ungeheurem Umfang Gewalt geschieht, Tod wütet, Verzweiflung schreit? Und ist nicht Seele auch hinter diesen Vorgängen?
Frage deine Seele! Frage sie, die Zukunft bedeutet, die Liebe heißt! Frage nicht deinen Verstand, suche nicht die Weltgeschichte nach rückwärts durch! Deine Seele wird dich nicht anklagen, du habest dich zu wenig um Politik gekümmert, habest zu wenig gearbeitet, die Feinde zu wenig gehaßt, die Grenzen zu wenig befestigt. Aber sie wird vielleicht klagen, du habest allzu oft vor ihren Forde-

rungen Angst gehabt und dich geflüchtet, du habest nie Zeit gehabt, dich mit ihr, deinem jüngsten und hübschesten Kinde, abzugeben, mit ihr zu spielen, ihren Gesang anzuhören, du habest sie oft um Geld verkauft, um Vorteile verraten. Und so sei es Millionen gegangen, und wohin man blicke, da machen die Menschen nervöse, gequälte, böse Gesichter, hätten keine Zeit außer fürs Unnützeste, für Börse und Sanatorium, und dieser häßliche Zustand sei nichts anderes als ein warnender Schmerz, ein Mahner im Blut. Nervös und lebensfeindlich – so sagt deine Seele – wirst du, wenn du mich vernachlässigst, und wirst es bleiben und wirst daran untergehen, wenn du dich mir nicht mit ganz neuer Liebe und Sorgfalt zuwendest. Auch sind es keineswegs die Schwachen, die Wertlosen, die an der Zeit krank werden und die Fähigkeit zum Glück verlieren. Es sind vielmehr die Guten, die Keime der Zukunft; es sind die, deren Seele nicht zufrieden ist, die sich nur noch aus Scheu dem Kampf gegen eine falsche Weltordnung entziehen, die aber vielleicht morgen schon ernst machen werden.

Von hier aus betrachtet, sieht Europa aus wie ein Schläfer, der in Angstträumen um sich haut und sich selber verletzt.

Ja, da erinnerst du dich, daß ein Professor dir einmal ähnliches gesagt hat, daß die Welt am Materialismus und am Intellektualismus leide. Der Mann hat recht, aber er wird dein Arzt nicht sein können, so wenig wie sein eigener. Bei ihm redet die Intelligenz bis zur Selbstvernichtung weiter. Er wird untergehen.

Möge der Weltlauf gehen, wie er wolle, einen Arzt und Helfer, eine Zukunft und neuen Antrieb wirst du immer nur in dir selber finden, in deiner armen, mißhandelten, geschmeidigen, nicht zu vernichtenden Seele. In ihr ist kein Wissen, kein Urteil, kein Programm. In ihr ist bloß Trieb, bloß Zukunft, bloß Gefühl. Ihr sind die großen Heiligen und Prediger gefolgt, die Helden und Dulder, ihr die großen Feldherrn und Eroberer, ihr die großen Zauberer und Künstler, sie alle, deren Weg im Alltag begann und in seligen Höhen endete. Der Weg der Millionäre ist ein anderer, und er endet im Sanatorium.

Kriege führen auch die Ameisen, Staaten haben auch die Bienen, Reichtümer sammeln auch die Hamster. Deine Seele sucht andere Wege, und wo sie zu kurz kommt, wo du auf ihre Kosten Erfolge hast, blüht dir kein Glück. Denn »Glück« empfinden kann nur die Seele, nicht der Verstand, nicht Bauch, Kopf oder Geldbeutel.

Indessen, hierüber kann man nicht lange denken und reden, so stellt das Wort sich ein, das alle diese Gedanken längst zu Ende gedacht und gesagt hat. Es ist vor langer Zeit gesprochen und gehört zu den wenigen Menschenworten, die zeitlos und ewig neu sind: »Was hülfe es dir, wenn du die ganze Welt gewännest, und nähmest doch Schaden an deiner Seele!«

(1917)

Voll Blüten

Voll Blüten steht der Pfirsichbaum,
Nicht jede wird zur Frucht,
Sie schimmern hell wie Rosenschaum
Durch Blau und Wolkenflucht.

Wie Blüten gehn Gedanken auf,
Hundert an jedem Tag –
Laß blühen! laß dem Ding den Lauf!
Frag nicht nach dem Ertrag!

Es muß auch Spiel und Unschuld sein
Und Blütenüberfluß,
Sonst wär die Welt uns viel zu klein
Und Leben kein Genuß.

Gehöft

Wenn ich diese gesegnete Gegend am Südfuß der Alpen wieder sehe, dann ist mir immer zumute, als kehre ich aus einer Verbannung heim, als sei ich endlich wieder auf der richtigen Seite der Berge. Hier scheint die Sonne inniger, und die Berge sind röter, hier wächst Kastanie und Wein, Mandel und Feige, und die Menschen sind gut, gesittet und freundlich, obwohl sie arm sind. Und alles, was sie machen, sieht so gut, so richtig und freundlich aus, als sei es von Natur so gewachsen. Die Häuser, Mauern, Weinbergtreppen, Wege, Pflanzungen und Terrassen, alles ist weder neu noch alt, alles ist, als sei es nicht erarbeitet, erklügelt und der Natur abgelistet, sondern entstanden wie Fels, Baum und Moos. Weinbergmauer, Haus und Hausdach, alles ist vom selben braunen Gneisgestein gemacht, alles paßt brüderlich zueinander. Nichts sieht fremd, feindlich und gewaltsam aus, alles scheint vertraulich, heiter, nachbarlich.

Setze dich nieder, wo du willst, auf Mauer, Fels oder Baumstumpf, auf Gras oder Erde: überall umgibt dich ein Bild und Gedicht, überall klingt die Welt um dich her schön und glücklich zusammen.

Hier ist ein Gehöft, wo arme Bauern wohnen. Sie haben kein Rindvieh, nur Schwein, Ziege und Huhn, sie pflanzen Wein, Mais, Obst und Gemüse.

Das ganze Haus ist aus Stein, auch Böden und Treppen, zum Hofe führt eine behauene Stufe zwischen zwei Steinsäulen. Überall blaut zwischen Gewächs und Gestein der See herauf.
Die Gedanken und Sorgen scheinen jenseits der Schneeberge liegengeblieben zu sein. Zwischen gequälten Menschen und häßlichen Sachen denkt und sorgt man so viel! Es ist dort so schwer, und so verzweifelt wichtig, eine Rechtfertigung des Daseins zu finden. Wie sollte man denn sonst leben? Vor lauter Unglück wird man tiefsinnig. – Hier aber sind keine Probleme, das Dasein bedarf keiner Rechtfertigung, die Gedanken werden zum Spiel. Man empfindet: die Welt ist schön, und das Leben ist kurz. Nicht alle Wünsche ruhen; ich möchte ein paar Augen mehr, eine Lunge mehr haben. Ich strecke die Beine ins Gras und wünsche, sie möchten länger sein.
Ich möchte ein Riese sein, dann läge ich mit dem Kopfe nah am Schnee auf einer Alp zwischen den Ziegen, und meine Zehen unten plätscherten im tiefen See. So läge ich und stände nimmer auf, zwischen meinen Fingern wüchse Gesträuch, in meinem Haar Alpenrosen, meine Kniee wären Vorgebirge, auf meinem Leibe stünden Weinberge, Häuser und Kapellen. So liege ich zehntausend Jahre, blinzle in den Himmel, blinzle in den See. Wenn ich niese, gibt es ein Gewitter. Wenn ich drüber hauche, schmilzt der Schnee, und Wasserfälle

tanzen. Wenn ich sterbe, stirbt die ganze Welt. Dann fahre ich übers Weltmeer, eine neue Sonne zu holen.

Wo werde ich diesen Abend schlafen? Einerlei! Was macht die Welt? Sind neue Götter erfunden, neue Gesetze, neue Freiheiten? Einerlei! Aber daß hier oben noch eine Primel blüht und Silberpelzchen auf den Blättern trägt, und daß der leise süße Wind dort unten in der Pappel singt, und daß zwischen meinem Auge und dem Himmel eine dunkelgoldene Biene schwebt und summt, – das ist nicht einerlei. Sie summt das Lied vom Glück, sie summt das Lied von der Ewigkeit. Ihr Lied ist meine Weltgeschichte.

(1919)

Pfarrhaus

An diesem schönen Hause vorüberwandern, das gibt einem einen Hauch von Sehnsucht und Heimweh mit Sehnsucht nach Stille, Ruhe und Bürgertum, Heimweh nach guten Betten, Gartenbank und Düften einer feinen Küche, dazu auch nach Studierzimmer, Tabak, alten Büchern. Und wie sehr habe ich in meiner Jugend die Theologie verachtet und verspottet! Sie ist, wie ich heute weiß, eine Gelehrsamkeit voll Anmut und Zauber, sie hat es nicht mit Lumpereien zu tun wie Metern und Zentnern, auch nicht mit schnöder Weltgeschichte, worin beständig geschossen, Hoch gerufen und verraten wird, sondern sie befaßt sich zart und fein mit innigen, lieben, seligen Dingen, mit Gnade und Erlösung, mit Engeln und Sakramenten.

Wunderbar wäre es für einen Menschen wie mich, hier drin zu wohnen und Pfarrer zu sein. Gerade für einen Menschen wie mich! Wäre ich nicht der Mann dazu, hier in einem feinen schwarzen Hausrock hin und wieder zu gehen, die Birnenspaliere im Garten zärtlich und doch wieder nur geistig und gleichnisweise zu lieben, Sterbende im Dorf zu trösten, in alten lateinischen Büchern zu lesen, der Köchin milde Befehle zu erteilen und am Sonntag mit einer guten Predigt im Kopf über die Steinfliesen nach der Kirche hinüber zu wandeln?

Bei schlechtem Wetter würde ich gewaltig einheizen und mich hin und wieder an einen der grünen oder bläulichen Kachelöfen lehnen, dazwischen auch mich ans Fenster stellen und den Kopf zu diesem Wetter schütteln.

Bei schönem Sonnenwetter hingegen würde ich viel im Garten sein, an den Spalieren schneiden und binden, oder am offenen Fenster stehen, nach den Bergen blicken, wie sie aus dem Grau und Schwarz wieder rosig und glühend werden. Ach, ich würde mit tiefer Teilnahme jedem Wanderer nachblicken, der an meinem stillen Haus vorüberzöge, ich würde ihm mit zarten und wohlwollenden Gedanken folgen, und auch mit Sehnsucht, denn er hat doch das bessere Teil erwählt, der wirklich und ehrlich ein Gast und Pilger auf Erden ist, statt wie ich den Seßhaften und Herrn zu spielen.

Ein solcher Pfarrer würde ich vielleicht sein. Vielleicht auch würde ich ein anderer sein, würde im düstern Studierzimmer mir die Nächte mit schwerem Burgunder vertreiben und mit tausend Teufeln mich herumhauen, oder ich würde nachts aus Angstträumen aufschrecken, weil die Gewissensfurcht über heimliche Sünden mit meinen Beichtmädchen mich auftriebe. Oder ich würde mein grünes Gartentor verschlossen halten, und den Meßner läuten lassen, und mich den Teufel um mein Amt und um mein Dorf und um die Welt bekümmern, würde auf einem breiten Kanapee liegen, rauchen und wahnsinnig faulenzen. Abends zu

faul, um mich auszuziehen, morgens zu faul, um aufzustehen.
Kurz, ich würde eigentlich in diesem Hause kein Pfarrer sein, sondern derselbe unstete und harmlose Wanderer wie jetzt, ich würde niemals Pfarrer sein, sondern bald phantastischer Theolog, bald Feinschmecker, bald stinkfaul und hinter den Weinflaschen her, bald auf junge Mädchen versessen, bald Dichter und Mime, bald heimwehkrank mit Angst und Weh im armen Herzen.
Darum ist es nun einerlei, ob ich das grüne Tor und die Spalierbäume, den hübschen Garten und das hübsche Pfarrhaus von außen oder innen anschaue, ob meine Sehnsucht von der Straße zu dem stillen geistlichen Herrn durchs Fenster hinein, oder ob sie aus dem Fenster mit Neid und Sehnsucht zu den Wanderern herausschaut. Es ist völlig einerlei, ob ich hier Pfarrer bin oder Vagabund auf der Straße. Es ist alles völlig einerlei, bis auf einiges Wenige, woran mir allerdings sehr stark gelegen ist. Daß ich das Leben in mir zucken spüre, sei's auf der Zunge oder an den Sohlen, sei's in Wollust oder in Qualen, daß meine Seele beweglich sei und mit hundert Phantasiespielen in hundert Formen sich hineinstehlen könne, in Pfarrherren und Wanderer, in Köchinnen und Mörder, in Kinder und Tiere, namentlich auch in Vögel, und auch in Bäume, das ist wesentlich, das will und brauche ich zum Leben, und wenn es einmal damit nichts mehr sein sollte

und ich auf ein Leben in der sogenannten »Wirklichkeit« angewiesen wäre, dann werde ich lieber sterben.
Ich habe mich an den Brunnen gelehnt und das Pfarrhaus abgezeichnet, mit der grünen Tür, die mir eigentlich von allem am besten gefällt, und mit dem Kirchturm dahinter. Es ist möglich, daß ich die Tür grüner gemacht habe als sie ist, und den Kirchturm in die Länge gezogen. Die Hauptsache ist, daß ich eine Viertelstunde in diesem Hause Heimat hatte. Ich werde nach diesem Pfarrhaus, das ich nur von außen sah und in dem ich keinen Menschen kenne, einmal Heimweh haben wie nach einer richtigen Heimat, wie nach den Orten, an denen ich ein Kind und glücklich war. Denn auch hier war ich ja, eine Viertelstunde lang, ein Kind und glücklich.

(1919)

Kapelle

Die rosenrote Kapelle mit dem kleinen Vordach muß von guten und zartfühlenden Menschen erbaut sein, und von sehr frommen Menschen.
Mir ist oft gesagt worden, es gäbe heute keine frommen Menschen mehr. Man könnte ebensogut sagen, es gäbe heute keine Musik und keinen blauen Himmel mehr. Ich glaube, es gibt viele Fromme. Ich selbst bin fromm. Aber ich war es nicht immer.
Der Weg zur Frömmigkeit mag für jeden ein andrer sein. Für mich lief er über viel Irrtümer und Leiden, über viel Selbstquälerei, durch stattliche Dummheiten, Urwälder von Dummheiten. Ich bin Freigeist gewesen und wußte, daß Frömmigkeit eine Seelenkrankheit sei. Ich bin Asket gewesen und habe mir Nägel ins Fleisch getrieben. Ich wußte nicht, daß Frommsein Gesundheit und Heiterkeit bedeutet.
Frommsein ist nichts andres als Vertrauen. Vertrauen hat der einfache, gesunde, harmlose Mensch, das Kind, der Wilde. Unsereiner, der nicht einfach noch harmlos war, mußte das Vertrauen auf Umwegen finden. Vertrauen zu dir selbst ist der Beginn. Nicht mit Abrechnungen, Schuld und bösem Gewissen, nicht mit Kasteiung und Opfern wird der Glaube gewonnen. Alle diese Bemühungen wenden sich an Götter, welche außer uns wohnen. Der Gott, an den wir glauben müssen, ist in uns in-

nen. Wer zu sich selber nein sagt, kann zu Gott nicht ja sagen.

O liebe, innige Kapellen dieses Landes! Ihr tragt die Zeichen und Inschriften eines Gottes, der nicht der meine ist. Eure Gläubigen beten Gebete, deren Worte ich nicht kenne. Dennoch kann ich in euch beten, so gut wie im Eichenwald oder auf der Bergwiese. Ihr blühet aus dem Grün hervor, gelb oder weiß oder rosig, wie Frühlingslieder junger Menschen. Jedes Gebet ist bei euch erlaubt und heilig.

Gebet ist so heilig, so heilend wie Gesang. Gebet ist Vertrauen, ist Bestätigung. Wer wahrhaft betet, der bittet nicht, er erzählt nur seine Zustände und Nöte, er singt sein Leid und seinen Dank vor sich hin, wie die kleinen Kinder singen. So haben die seligen Einsiedler gebetet, die inmitten ihrer Oase und Rehe im Kirchhof von Pisa gemalt sind, es ist das schönste Bild der Welt. So beten auch Bäume, auch Tiere. Auf den Bildern guter Maler betet jeder Baum und jeder Berg.

Wer aus einem frommen Protestantenhause stammt, der hat einen weiten Weg zu suchen bis zu diesem Gebet. Er kennt die Höllen des Gewissens, er kennt den Todesstachel der Zerfallenheit mit sich selber, er hat Spaltung, Qual, Verzweiflung jeder Art erfahren. Am späten Ende des Weges sieht er mit Erstaunen, wie einfach, kindlich und natürlich die Seligkeit ist, die er auf so dornigen Wegen gesucht hat. Aber die Dornenwege waren nicht umsonst. Der Heimgekehrte ist ein andrer als der stets Daheimgebliebene. Er liebt inniger, und er ist freier von Gerechtigkeit und Wahn. Gerechtigkeit ist die Tugend der Daheimgebliebenen, eine alte Tugend, eine Urmenschentugend. Wir Jüngeren können sie nicht gebrauchen. Wir kennen nur *ein* Glück: Liebe, und nur *eine* Tugend: Vertrauen.

Euch Kapellen beneide ich um eure Gläubigen, um eure Gemeinden. Hundert Beter klagen euch ihr Leid, hundert Kinder bekränzen eure Türen und bringen in euch ihre Kerzen dar. Unser Glaube aber, die Frömmigkeit der Weitgereisten, ist einsam. Die vom alten Glauben wollen nicht unsre Genossen sein, und die Strömungen der Welt gehen fern von unsren Inseln vorüber.

Ich pflücke Blumen in der nächsten Wiese, Primel, Klee und Hahnenfuß, und lege sie in der Kapelle nieder. Ich setze mich auf die Brüstung unterm Vordach und summe mein frommes Lied in der Morgenstille. Mein Hut liegt auf der braunen Mauer, und ein blauer Schmetterling setzt sich darauf. Im fernen Tal pfeift dünn und sanft eine Eisenbahn. Auf den Sträuchern blinkt noch hier und dort der Morgentau.

(1919)

Bücher

Alle Bücher dieser Welt
Bringen dir kein Glück,
Doch sie weisen dich geheim
In dich selbst zurück.

Dort ist alles, was du brauchst,
Sonne, Stern und Mond,
Denn das Licht, danach du frugst,
In dir selber wohnt.

Weisheit, die du lang gesucht
In den Büchereien,
Leuchtet jetzt aus jedem Blatt –
Denn nun ist sie dein.

Sommertag im Süden

Im Frieden, als unsere reichgewordenen Landsleute noch unbehindert reisen konnten, da traf man im Sommer keinen von ihnen im Süden an. Im Sommer war der Süden, einem dunklen Gerücht zufolge, unerträglich heiß und von phantastischen Plagen erfüllt, und man zog es vor, in Nordland zu sitzen oder in einem Alpenhotel auf zweitausend Meter Höhe den Sommer durchzufrieren. Jetzt ist das anders, und wer einmal das Glück gehabt hat, seine Person und seine Kriegsgewinne nach dem Süden zu exportieren, der bleibt da und genießt, unter Gottes allesduldender Sonne, die Segnungen dieses Sommers mit. Wir alte Auslandsdeutsche treten sehr in den Hintergrund, sind auch mit unseren sorgenvollen Gesichtern und Fransen an unsern Hosen nicht recht präsentabel. Dafür wird unser Volk glanzvoll durch eben jene Herrschaften vertreten, die sich hier mit Hilfe der rechtzeitig weggeschmuggelten Gelder Häuser, Gärten und Bürgerrecht gekauft haben.

Aber unbekümmert um diese kleinen Dinge geht jeden Morgen die Sonne auf, und die Vögel in den unendlichen Kastanienwäldern fangen zu singen an. Ich stecke mir ein Stück Brot in die Tasche, und ein Buch, und einen Bleistift, und die Badehose, und verlasse mein Dorf, um einen langen Sommertag im Wald und See zu Gast zu sein. Der Wald hat abgeblüht und hängt schon voll kleiner stachliger Früchte, die Heidelbeeren sind schon vorüber, und die Brombeeren fangen an, deren die Welt hier voll ist.

Viele liebe kleine Blumen, Gräser, Moose und Pilze begegnen mir wieder, die ich nicht kenne und deren Namen kennen zu lernen ich mir immer und immer wieder vorgenommen habe. Mit einem kleinen guten Botanikbuch in Ruhe mich unter diese lieben Blumen zu setzen und sie zu studieren, das ist ein Entschluß von mir, ähnlich wie der Vorsatz, später einmal still in einem kleinen Garten zu leben, Gemüse zu bauen und nie mehr über meinen Gartenzaun hinweg zu denken. Sie sind schön, diese Vorsätze, und machen uns Freude, aber um sie einzuhalten, ist das Leben, wie es scheint, zu kurz. Jedenfalls der Sommer. In diesem Süden hier, wo man mehrere Monate des Jahres tatsächlich nicht an Frieren und Kohlen zu denken braucht, fliehen diese unglaublichen, goldenen Sommertage hin mit einer Fieberhast, mit einem kurzen, gierigen Flügelschlag, als wittre auch Sonne, Stern und Mond etwas von Untergang und Weltnot und eile sich, noch einmal sich umzudrehen. So tun auch wir, wir arme Menschen, und singen unser Lied und tanzen unsern Tanz mit dieser raschen, vergänglichen Glut. Tief in den Wäldern schön und geheimnisvoll liegen unsre Schatzkammern, die kühlen kleinen Weinkeller der Bauern, wo am Feiertag und etwa auch am Abend bei der Boccia-Bahn freundliche Menschen ein Glas Landwein trinken, ein Stück Brot essen und miteinander plaudern. Hier verglühen mir manche warme, stille, nachdenkliche Abende voll Torheit und Sommerduft, voll Wehmut und Einsamkeit, voll Gedanken und Kinderei.

Im Waldschatten, nach der Mittagsrast, im Heidelbeerkraut und den Spiräen liege ich lang, singe die Lieder, die ich weiß, die deutschen und die welschen, und lese zwischenein in einem kleinen schwarzen Buch, das ich mithabe und das für den Augenblick für mich das schönste Buch der ganzen Welt ist. Es heißt »Almaide« und ist geschrieben von dem Franzosen Francis Jammes. Ein Buch aus Arkadien, selig und voller Liebe.

Gegen den Abend aber wird es Zeit, irgendwo den See aufzusuchen, ein Stück Sandstrand mit Gehölz dahinter, etwas Schilf und etwas Gras. Der See leckt mit warmer Zunge am abendlich verglühenden Sand, die Angler stehn mit langen Ruten träumerisch auf dünnen Waden in den Bachmündungen, die Berge nehmen abendliche Färbungen an, der goldene Abendzauber geht über die Welt, und das Weh im Herzen wird für Stunden süß und wohlschmeckend. Auf den braunen Rücken brennt mir die Sonne, bis sie hinter einem der vielen, allzuvielen Berge vergeht, den hungrigen Leib kühlt mir der gute See, die Füße der Bach. Wie viel hätte man

zu wünschen, und doch eigentlich nichts. Wie traurig ist uns das Leben geworden – und wie dumm sind wir, wenn wir es so traurig nehmen!
Im Dorf ein Teller Reis oder Makkaroni oder im Grotto ein Stück Brot mit Wein, dann wird es Zeit, sich zu besinnen, wo man ist, und langsam den Heimweg über die hellen nachleuchtenden Landstraßen einzuschlagen, die Fußwege bergauf durch den dunkelnden Wald, in dem die eingefangene Wärme des Tages wie Honig hängt, schwer und berauschend, die Wiesenwege an schon geschnittenem Korn und dickhängenden grünen Trauben vorbei, an den Gärten der Landhäuser hin, wo die reichen Milanesen wohnen und wo im aufgehenden Mond die vielen Hortensienbüsche zauberhaft in bleichen holden Farben scheinen. Man kommt in sein Dorf zurück und es ist fast Mitternacht, der Mond sieht aus den streifigen Wolken her, die großen Sommermagnolien in den schwarzen hohen Bäumen riechen heftig nach Zitronen, unten am See glitzern die Lichter der Dörfer.
Der Mond läuft und läuft am Himmel, wie gehetzt, wie das Werk einer Uhr, die man wieder zum Gehen bringen wollte und in die man mit einer Stricknadel gestochen hat, es läuft dann auf einmal rasselnd ab, und der Zeiger rennt besessen übers Blatt wie ein Schnelläufer. Das Leben ist kurz, und wir haben es uns mit vieler Mühe, mit vielen Schlauheiten, mit vielem Aufwand verdorben und schwer ge-

macht. Die paar guten Zeiten, die paar warmen Sommertage, die paar warmen Sommernächte wenigstens wollen wir austrinken, wollen wir genießen. Schon blühen die Rosen zum zweitenmal und die Glyzinien, schon nehmen die Tage wieder ab, Vergänglichkeit seufzt hinter jedem Baum und Blatt.

Nachtwind rauscht in den Wipfeln vor meinem Fenster auf, Mondlicht fällt herein auf den roten Steinboden. Freunde in der Heimat, was macht Ihr? Habt Ihr Blumen in den Händen oder Handgranaten? Lebt Ihr noch? Schreibt Ihr liebe Briefe an mich oder wieder Schmähartikel? Liebe Freunde, tut was Ihr wollt, aber denkt je und je einen Augenblick daran, wie kurz das Leben ist!

(1919)

Kirchen und Kapellen im Tessin

Zu den Zaubern des Südens, die den protestantischen Nordländer in den Gegenden südlich der Alpen begrüßen, gehört auch der Katholizismus. Mir ist es unvergeßlich, wie auf meiner ersten jugendlichen Italienfahrt dies auf mich wirkte, den Sohn eines streng protestantischen Hauses, wie erstaunt und bezaubert ich das mit ansah, dies selbstverständliche, naive Wohnen eines Volkes in seinen Tempeln, in seiner Religion, diese Zentralkraft Kirche, von welcher beständig ein Strom von Farbe, Trost, Musik, von Schwingung und Belebung ausstrahlte. Mag der Katholizismus in Italien und in den Alpenländern auch im Rückgang begriffen sein (im Tessin ist er es sichtlich, und die Mehrzahl der schönen alten Kirchenbauten wäre heute nicht mehr möglich), so ist doch immer noch, im Vergleich mit dem Norden, die Kirche in ihrer Sichtbarkeit vorhanden und mächtig-mütterlicher Mittelpunkt des Lebens. Und nichts wirkt auf den in Protestantismus und Gewissensplage aufgewachsenen Menschen stärker und rührender als der Anblick naiver, sich zeigender, sich schmückender Frömmigkeit. Einerlei, ob in einem Tempel Ceylons oder Chinas oder in einer Kapelle des Tessins, immer wirkt dieser Anblick auf unsereinen wie eine Erinnerung an verlorene Kindheiten der Seele, an ferne Paradiese, an eine selige Primitivität und

Unschuld des religiösen Lebens, und nichts fehlt uns geistig unersättlichen Europäern mehr als eben diese Lust und Unschuld.

Beim Übergang über die Alpen fand ich mich jedesmal, wie vom Anhauch des wärmeren Klimas, den ersten Lauten der klangvolleren Sprache, den ersten Rebenterrassen, so auch vom Anblick der zahlreichen, schönen Kirchen und Kapellen zart und mahnend berührt, wie von Erinnerung an einen sanfteren, milderen, mutternahen Zustand des Lebens; an kindlicheres, einfacheres, frömmeres, froheres Menschentum. Und mehr und mehr wurde es mir unmöglich, im Gefühl die katholische Frömmigkeit von der antiken zu trennen. Genau ebenso wie die uralte, römisch-mittelländische Art der Bodenkultur, der Terrassenbau mit Wein, Maulbeere, Olive, unzerstört in den alten, festen Formen hier unten weiterbesteht, so besteht etwas vom heidnisch-frommen, augenfrohen, bildergläubigen, gesunden Kult und Glauben der Antike in den Ländern südlich der Alpen noch heute fort. Wo in Römerzeiten ein Tempel stand, steht jetzt eine Kirche, wo damals die kleine primitive Steinsäule für einen Feldgeist oder Waldgott stand, steht jetzt ein Kreuz, wo damals das kleine ländliche Heiligtum einer Nymphe, einer Quellgöttin, eines Flurgottes stand, steht heute der Bildstock oder die Nische eines Heiligen. Wie vor Alters spielen vor dieser Nische die Kinder, wie vor Alters schmücken sie

sie mit Blumen. Wanderer und Hirt rasten an diesem Ort, eine Cypresse oder Eiche steht dabei, und irgendeinmal an einem Sommersonntag kommt im schönen Zug mit blau und goldenen Kleidern der Bischof vorbei und segnet und weiht das kleine Heiligtum, daß es nicht vergessen werde, daß weiterhin Trost und Freude, Mahnung an das Göttliche und Erinnerung an unsre höchsten Ziele von diesem Ort ausgehen möge.

Im Tessin habe ich das immer besonders stark empfunden. Daß man am Südfuß der Alpen ist, daß man das Land der Sonne und der ältesten europäischen Kultur betritt, davon spricht nicht nur die Wärme der Sonne, der Klang der schönen Sprache, der kluge Terrassenbau der Weinberge, sondern ebensosehr all die frommen Bauten, alte und neue, all die Kirchen, Kapellen, Bildstöcke. Alle sind schön, ganz ohne Ausnahme, denn die Tessiner sind vorzügliche Architekten und Maurer von Alters her und haben ja auch in Italien manche der größten Bauten errichten helfen. Ausnahmslos schön ist auch immer der Standort einer Kirche, man denke an Lugano, an Tesserete, an Ronco, an St. Abbondio bei Gentilino, an Breganzona, an die Madonna del Sasso. Schön und wohlüberlegt ist auch immer der Zugang zum Heiligtum. Straße oder Brücke führt zwischen Mauern mit sanftem Zwang auf die Kirche zu, und immer empfängt uns vor dem Eintritt ein Vorplatz, man kommt nicht atemlos vom Steigen, oder rennend vom Bergablaufen, in eine Kirche hinein, erst nimmt ein ebener, wenn auch noch so kleiner Vorplatz den Pilger auf, ein paar Bäume stehen da, und meistens überschattet und schützt den Eingang eine Vorhalle. Von weitem schon ruft und ladet oft diese Vorhalle, mit drei oder fünf Bögen, schattig und ehrwürdig herüber.

Wie alle Gebäude in diesem steinreichen und holzarmen Lande sind die Kirchen und Kapellen ganz aus Stein. In kleinen Bergdörfern steht das Kirchlein roh und unverputzt, nackte Mauern, auch das Dach aus rohen Gneisplatten, ausgezeichnet nur durch den Giebel und den Glockenturm. An andern Orten ist der Bau verputzt und bemalt, nicht selten wunderschön, obwohl das Klima den Wandmalereien an Außenwänden nicht eben günstig ist. Man sieht wohl arme und schlichte Kirchen, aber kaum jemals eine verfallene.

Wie nun inmitten einer Stadt oder eines Dorfes die Kirche den stärksten Akzent bildet und der Campanile die Silhouette stempelt, so strahlt uralte Frömmigkeit überall ins Land und bis in verlassene und schwer zugängliche Täler und Berge hinein. Auch im entlegensten Gebiet, soweit noch Geißen weiden und Menschen ihren Unterhalt suchen, steht da und dort noch ein kleines Heiligtum, eine Kapelle an der Wegbiegung, unter deren Vordach die Straße durchläuft und wo sich im Regen rasten läßt, ein Bildstock kindlich und hübsch, zwischen altem Gemäuer unterm Steindach eine winzige Bildwand, bemalt mit alten, verblaßten Farben. Im Frühling steht vor jedem ein Glas, ein Becher, eine alte Blechbüchse, von Kindern mit Blumen gefüllt.

Auch ohne je eines der Gotteshäuser zu betreten, findet man sich doch überall an sie gemahnt. Wer am steinigen Bergkamm eine Rast halten will, wer von brennender Landstraße in den Schatten begehrt, der genießt dankbar diese Bauten. Rein als Schmuck der Landschaft, als Rastorte, als Wegweiser, als Ruhepunkte des Auges im Auf und Ab des bergigen Landes kommen sie jedem zugute, sind jedem willkommen. Im Innern aber sind sie oft reich an schönen und seltenen Dingen. Von den Luini-Bildern in Lugano bis in unbekannte kleine Bergkapellen findet man überall in den Tessiner Kirchen irgendein Bild, ein Fresko, ein Altar-Relief, einen Taufstein, eine Stuckfigur, die vom innigen Zusammenhang dieses Berglandes mit der Kultur des klassischen Italien reden und von der alten Begabung der Tessiner für die bildende Kunst. Ich könnte hundert Beispiele nennen, aber ich möchte mit diesen Zeilen nicht auf dies und jenes Einzelne hinweisen und den Führer spielen. Es ist viel schöner, ohne Führer zu gehen, und wer im Tessin wandert, wird bald die beglückende Erfahrung machen, wie überall mitten in den herrlichsten Landschaften

noch stille, köstliche Funde an alter Kunst zu machen sind.
Liebe Kirchen im Tessin, liebe Kapellen und Kapellchen, wie viel gute Stunden habt ihr mich bei euch zu Gast gehabt! Wie viel Freude habt ihr mir gegeben, wie viel guten kühlen Schatten, wie viel Beglückung durch Kunst, wie viel Mahnung an das, was not tut, an eine frohe, tapfere, helläugige Lebensfrömmigkeit! Wie manche Messe habe ich in euch gehört, wie manchen Gemeindegesang, wie manche farbige Prozession sah ich aus euren Portalen quellen und in die lichte Landschaft sich verlieren! Ihr gehört zu diesem Lande wie Berge und Seen, wie die tiefgeschnittenen wilden Täler, wie das launisch spielerische Geläut eurer Glockentürme, wie der schattige Grotto im Wald und der alte Roccolo auf dem Hügel. Es lebt sich gut in eurem Schatten, auch für Menschen anderen Glaubens.

(1920)

Spätblau

O reine, wundervolle Schau,
Wenn du aus Purpurrot und Gold
Dich ebnest friedvoll, ernst und hold,
Du leuchtendes Späthimmelblau!

Du mahnst an eine blaue See,
Darauf das Glück vor Anker hält
Zu seliger Rast. Vom Ruder fällt
Der letzte Tropfen Erdenweh.

Tessiner Sommerabend

Nach langer Glut und Dürre ist ein Regen gekommen, Donner hat den ganzen Nachmittag gekracht, ein paar Hagelkörner haben geknallt, nach dem ersten erstickend schwülen Dampf hat sanfte Kühle sich verbreitet, weithin riecht es nach Erde, Steinen und bitterem Laub, es ist Abend geworden.

Im Wald, an der Schattenseite des Berges, liegen die Grotti, die Weinkeller des Dorfes, ein kleines, zwerghaft phantastisches Märchendorf im Walde, lauter Stirnseiten kleiner steinerner Giebelhäuser, die keine Rückseite haben, denn Dach und Haus verliert sich im Boden, und tief in den Berg hinein sind die Felsenkeller gebohrt. Da liegt der Wein in grauen Fässern, Wein vom vorigen Herbst und auch noch Wein vom vorvorigen, ältern gibt es nicht. Es ist ein sanfter, sehr leichter, traubiger Wein, von roter Farbe, er schmeckt kühl und sauer nach Fruchtsaft und dicken Traubenschalen.

Wir sitzen bei einem Grotto am steilen Waldhang auf kleiner Terrasse, die man auf ungefügen Stufen erklimmt und die Raum für einen oder zwei Tische hat. Ungeheuer steigen die Stämme der Bäume empor, alte riesige Bäume, Kastanie, Platane, Akazie. Sie streben hoch hinan, durch ihr Gezweige blickt wenig Himmel, oft bin ich bei fallendem Regen hier gesessen, im Freien, im Walde, stundenlang, und bin von keinem Tropfen berührt worden. Wir sitzen im Dunkel, schweigend, ein paar fremde Künstler, die hier wohnen. In kleinen irdenen Tassen, weiß und blau gestreift, steht der rosige Wein.

Unter unserer kleinen Terrasseninsel, senkrecht unter uns, schimmert rötliches Licht in der Vorhalle des Kellers, durchs lichte Laubgitter alter Buchsbäume blicken wir hinab. Messing blinkt dort freudig im Lampenlicht: ein Horn liegt auf den Knien eines Mannes, der die kleine Weintasse vor sich stehen hat. Er setzt das Horn an. Einer neben ihm, nur halb sichtbar, nimmt die Baßtrompete, und wie sie zu spielen anfangen, klingt auch noch eine dritte Stimme mit, ein zartes Holzinstrument, an das Fagott erinnernd. Sie spielen sachte, zurückhaltend, klug, wohl wissend, daß sie in kleiner, enger Vorhalle sitzen und wenig Zuhörer haben. Ihr gedämpftes Spiel ist ländlich, frohmütig, herzlich, nicht ohne Rührung und nicht ohne Humor, im Takt vollkommen sicher, ja beschwingt, die Stimmung aber nicht völlig rein. Diese Musik ist von ebenderselben Art wie der Wein, den wir trinken: gut, unschuldig, zuverlässig, ohne heftige Reize und ohne Tücken.

Kaum haben die Klänge uns erreicht, kaum haben wir auf unserem schmalen Bankbrett uns umgewendet, um alle hinabzuschauen, so sind schon Tänzer da. In dem Rest von Tageslicht, der auf dem Plätzchen vor dem Kellereingang noch zögert, in

dem Rest von Lampenlicht, der aus der Vorhalle sickert, tanzen drei Paare. Wir sehen sie durch das Gitter der Buchsbäume, das sie oft ganz verdeckt.
Das erste Paar sind zwei kleine Mädchen, eine Zwölfjährige, eine Siebenjährige. Die Größere ist ganz schwarz, schwarze Schürze, schwarze Strümpfe, schwarze Schuhe. Die Kleine ist ganz hell, weiße Schürze, bloße Beine, bloße Füße. Die Zwölfjährige tanzt sehr richtig, taktstreng und gewissenhaft, sie kann es gut, unfehlbar schreitet sie im Takt, eilt und zögert am rechten Ort, ernst ist ihr Gesicht, ganz ernst, wie ein bleiches Blumenblatt schwimmt es, kaum kenntlich in der feuchten lauen Dunkelheit von Abend und Wald. Die Siebenjährige kann noch nicht richtig tanzen, sie will es erst lernen, ihre Schritte sind feierlich lang, sie blickt unverwandt auf die Füße ihrer Partnerin, die sie leise unterweist, die volle Unterlippe hält sie leicht mit den Zähnen emporgezogen. Beide Mädchen sind von Ernst und Glück erfüllt, kindliche Würde atmet ihr Tanz.
Das zweite Paar besteht aus zwei Jünglingen. Zwanzigjährigen. Einer, der größere, ist barhaupt und hat kurze krause Locken, der andere trägt den Filzhut schief auf dem Kopf. Beide lächeln ein wenig, beide geben sich dem Tanze mit etwas angestrengtem Willen hin und sind sehr bemüht, jede Bewegung nicht nur richtig zu machen, sondern sie auch mit dem irgend Möglichen an Ausdruck und

Verzierung zu erfüllen. Sie strecken die vereinten Hände weit von sich ab, sie legen die Köpfe weit in den Nacken, sie gehen zuweilen tief in die Knie, und beide machen den Rücken hohl und versuchen das Äußerste im Schweben und in der Feinheit. Ihr eifriger Tanz befeuert den Bläser des Holzinstrumentes, er spielt zarter, bläst schwellender, schmachtender. Beide Tänzer lächeln: der große hingegeben, selig, in sich selbst und seinen Tanz verliebt, hoch über der Welt; der andere halb schelmisch, auch leicht verlegen, ebenso bereit, sich ein wenig belächeln zu lassen wie Lob zu ernten. Der große wird glatter durchs Leben gehen.

Die zwei Mädchen, die das dritte Paar bilden, sind Luigina und Maria, ich habe sie beide vor zwei Jahren noch in die Schule gehen sehen. Luigina ist vom südlichen Typ, leicht, sehr schlank, sehr mager, ihre hohen, zarten Beine und der lange dünne Hals sind voll herber Lieblichkeit. Anders, weicher und viel schöner ist Maria, die ich vor kurzem noch geduzt habe und jetzt nicht mehr recht zu duzen wage. Sie hat ein kräftiges Gesicht von frischer Farbe mit kräftigem Wangenrot, hellblaue stählerne Augen, braunes volles Haar und ist schon voll und jungfrauenhaft in Formen und Bewegungen, scheint etwas träge, hat aber den Blick voll Kraft und Rasse. Wenn ich ein junger Bursch aus dem Dorfe wäre, ich würde keine andere nehmen als Maria. Sie trägt ein rotes Kleid, immer trägt sie Rot oder Rosa.

Maria tanzt mit Luigina, ihr rotes Kleid erscheint da und dort und verschwindet wieder im Buchsbaumlaub. Diese beiden tanzen sehr schön, sie sind voll von Glück, nicht mehr vom tiefen Ernst der Kindlichkeit gebannt wie die Kleinen, noch nicht losgebunden und eitel wie die beiden Burschen. Zu diesen beiden, zu Maria und Luigina, paßt am besten der holde zärtliche Ton des Bläsers, die frohe, an Vorschläge und Kapriolen reiche Musik. Über ihre Scheitel spielt die grüne Walddämmerung, an ihren Stirnen glänzt ein kleiner Widerschein vom Lampenlicht der Halle, ihre Beine schreiten taktfest, eng und elastisch.

Dort unten, hinterm schwarzen Gewölk der Buchsbäume, fließt noch Licht, dort fließt Musik, dort tanzen die jungen Menschen, und andere lehnen am Pfeiler der Halle oder am Baumstamm, sehen zu, loben, nicken, lachen. Hier oben im Dunkel aber sitzen wir, wir Fremde und Künstler, in einem anderen Licht, in einer anderen Luft, von einer anderen Musik umflossen. Uns entzückt und begeistert, was jene dort nicht beachten: ein Blattschatten auf dem Stein, ein verschossenes Blau an einer Bluse, der kleine ernste Knick im Knie der Siebenjährigen. Wir ersehnen und beneiden, was denen drüben wertlos und selbstverständlich ist. Sie aber sehen bei uns kuriose Dinge und Sitten, die sie ebenso beneiden und deren wir längst überdrüssig sind. Wir können, wenn wir wollen, zu jenen hinübergehen; es ist uns nicht verboten, uns unter sie zu mischen, uns zu ihrer Musik zu setzen, mit ihnen zu tanzen. Wir bleiben jedoch im Dunkel unter den alten Platanen sitzen, hören die Melodien der drei Bläser, beobachten das süße sterbende Licht auf den hellen Gesichtern, lauschen dem Rot Marias, wie es noch im einsinkenden Dunkel klingt und kämpft, atmen dankbar den Zauberhauch der Dämmerung und den holden Frieden einer kleinen ländlichen Welt, deren Spiel nur unser Auge berührt, deren Not nicht unsere ist, deren Glück nicht unseres ist.

Wir schenken rosigen Wein in die blauen Tonschalen, während unten die tanzenden Figuren mehr und mehr zu Schatten werden. Auch dein rotes Kleid, Maria, geht nun unter, ertrinkt in der Finsternis. Auch die hellen blumenblassen Gesichter löschen aus und sinken dahin. Nur das warme rote Licht in der Vorhalle atmet stärker, und wir gehen davon, ehe auch dies zerrinnt.

(1921)

Bekenntnis

Holder Schein, an deine Spiele
Sieh mich willig hingegeben;
Andre haben Zwecke, Ziele,
Mir genügt es schon, zu leben.

Gleichnis will mir alles scheinen,
Was mir je die Sinne rührte,
Des Unendlichen und Einen,
Das ich stets lebendig spürte.

Solche Bilderschrift zu lesen,
Wird mir stets das Leben lohnen,
Denn das Ewige, das Wesen,
Weiß ich in mir selber wohnen.

Was der Dichter am Abend sah

Der südliche Julitag sank glühend hinab, die Berge schwammen im blauen Sommerdunst mit rosigen Gipfeln, im Gefilde kochte schwül das schwere Wachstum, strotzend stand der hohe fette Mais, in vielen Kornfeldern war das Korn schon geschnitten, in den lauen, mehlig satten Staubgeruch der Landstraße flossen aus Feldern und Gärten süß und überreif die vielen Blumendüfte. Im dicken Grün hielt die Erde noch die Tageswärme zurück, die Dörfer strahlten aus goldenen Giebeln warmen Nachglanz in die beginnende Dämmerung.

Von einem Dorfe zum andern ging auf der heißen Straße ein Liebespaar, ging langsam und ziellos, den Abschied verzögernd, manchmal lose Hand in Hand, manchmal umschlungen, Schulter an Schulter. Schön und schwebend gingen sie, in leichten Sommerkleidern schimmernd, auf weißen Schuhen, barhaupt, gezogen von Liebe, im leisen Abendfieber, das Mädchen mit weißem Gesicht und Hals, der Mann braun verbrannt, beide schlank und aufrecht, beide schön, beide im Gefühl der Stunde eins geworden und wie aus einem Herzen genährt und getrieben, beide doch tief verschieden und weit voneinander. Es war die Stunde, in der eine Kameradschaft zur Liebe und ein Spiel zum Schicksal werden wollte. Beide lächelten sie, und waren beide ernst bis fast zur Traurigkeit.

Kein Mensch ging zu dieser Stunde die Straße zwischen den beiden Dörfern, die Feldarbeiter hatten schon Feierabend. Nahe einem Landhaus, das hell durch Bäume schien, als stünde es noch in der Sonne, blieben die Liebenden stehen und umarmten sich. Sanft führte der Mann das Mädchen zum Rand der Straße, da lief eine niedere Mauer hin, auf die setzten sie sich, um noch beisammen zu bleiben, um nicht ins Dorf und zu Menschen zu müssen, um nicht den Rest des gemeinsamen Weges schon zu verbrauchen. Still saßen sie auf der Mauer, in Nelken und Steinbrech, Reblaub über sich. Durch Staub und Duft kamen Töne vom Dorf her, Kinderspiel, Ruf einer Mutter, Männergelächter, ein altes Klavier fern und schüchtern. Stille saßen sie, lehnten aneinander, sprachen nicht, fühlten gemeinsam Laub über sich dunkeln, Düfte um sich irren, warme Luft in erster Ahnung von Tau und Kühle schauern.

Das Mädchen war jung, war sehr jung und schön, schlank und herrlich kam aus dem leichten Kleide der hohe lichte Hals, schlank und lang aus weiten kurzen Ärmeln die hellen Arme und Hände. Sie liebte ihren Freund, sie glaubte ihn sehr zu lieben. Sie wußte viel von ihm, sie kannte ihn so gut, sie waren lange Zeit Freunde gewesen. Oft hatten sie, einen Augenblick lang, sich auch ihrer Schönheit und ihres Geschlechts erinnert, hatten einen Händedruck zärtlich verzögert, hatten sich kurz und

spielend geküßt. Er war ihr Freund gewesen, auch ein wenig ihr Ratgeber und Vertrauter, der Ältere, der Wissendere, und nur manchmal, für Augenblicke, war ein schwaches Wetterleuchten über den Himmel ihrer Freundschaft gezuckt, kurze holde Erinnerung, daß zwischen ihnen nicht bloß Vertrauen und Kameradschaft bestand, daß auch Eitelkeit, auch Machtbegierde, auch süße Feindschaft und Anziehung der Geschlechter spielte. Nun wollte das reif werden, nun brannte dies andere auf.
Schön war auch der Mann, doch ohne die Jugend und innige Blüte des Mädchens. Er war viel älter als sie, er hatte Liebe und Schicksal gekostet, Schiffbruch und neue Ausfahrt erlebt. Streng stand Nachdenken und Selbstbewußtsein in seinem magern braunen Gesicht geschrieben, Schicksal in Stirn und Wangen gefaltet. An diesem Abend aber blickte er sanft und hingegeben. Seine Hand spielte mit der Mädchenhand, lief leise und schonend über Arm und Nacken, über Schultern und Brust der Freundin, kleine spielende Wege der Zärtlichkeit. Und während ihr Mund ihm aus dem stillen dämmernden Abendgesicht entgegen kam, innig und wartend wie eine Blume, während Zärtlichkeit in ihm aufwallte und aufsteigender Hunger der Leidenschaft, dachte er doch immerzu daran und wußte davon, daß viele andere Geliebte ebenso mit ihm durch Sommerabende gegangen waren, daß auf anderen Armen, auf anderen Haaren, um andre

Schultern und Hüften seine Finger dieselben zarten Wege gegangen waren, daß er Gelerntes übte, daß er Erlebtes wiederholte, daß für ihn das ganze strömende Gefühl dieser Stunde etwas anderes war als für das Mädchen, etwas Schönes und Liebes, aber nicht mehr Neues, nicht mehr Unerhörtes, nicht mehr Erstes und Heiliges.

Auch diesen Trank kann ich schlürfen, dachte er, auch er ist süß, auch er ist wunderbar, und ich kann diese junge Blüte vielleicht besser lieben, wissender, schonender, feiner als ein junger Bursch es könnte, als ich selber es vor zehn, vor 15 Jahren gekonnt hätte. Ich kann sie zarter, klüger, freundlicher über die Schwelle der ersten Erfahrung heben als irgend ein andrer, ich kann diesen holden edlen Wein edler und dankbarer kosten als irgend ein Junger. Aber ich kann ihr nicht verbergen, daß nach dem Rausch die Sattheit kommt, ich kann ihr nicht über den ersten Rausch hinaus einen Liebenden vorspielen, wie sie ihn träumt, einen nie Ernüchterten. Ich werde sie zittern und weinen sehen und werde kühl und heimlich ungeduldig sein. Ich werde mich vor dem Augenblick fürchten, fürchte mich jetzt schon vor dem Augenblick, da sie mit erwachenden Augen die Ernüchterung kosten muß, da ihr Gesicht keine Blume mehr sein und im aufzuckenden Schreck über das verlorene Mädchentum sich verziehen wird.

Sie saßen schweigend auf der Mauer im blühenden

Gekräut, aneinander geschmiegt, hin und wieder von Wollust überschauert und enger aneinander getrieben. Sie sprachen nur selten ein Wort, ein lallendes, kindisches Wort: Lieber – Schatz – Kind – hast Du mich lieb?

Da kam aus dem Landhause, dessen Schein im Laubdunkel nun auch zu erblassen begann, ein Kind gegangen, ein kleines Mädchen, vielleicht zehn Jahre alt, barfuß, auf schlanken bräunlichen Beinen, im kurzen dunklen Kleid, mit dunklem langem Haar überm bleichbräunlichen Gesicht. Spielend kam sie daher, unschlüssig, etwas verlegen, ein Springseil in der Hand, lautlos liefen die kleinen Füße über die Straße. Sie kam spielerisch daher, schrittwechselnd, gegen den Ort, wo die Liebenden saßen. Sie ging langsamer, als sie zu ihnen kam, als ginge sie ungern vorüber, als zöge etwas hier sie an, wie einen Abendfalter die Phloxblume anzieht. Leise sang sie ihren Gruß »buona sera«. Freundlich nickte das große Mädchen von der Mauer herüber, freundlich rief der Mann ihr zu: »Ciao, cara mia.«

Das Kind ging vorüber, langsam, ungern, und zögerte mehr und mehr, blieb nach 50 Schritten stehen, kehrte um, zögernd, kam wieder näher, ging nah an dem Liebespaar vorüber, blickte verlegen und lächelnd her, ging weiter, verschwand im Garten des Landhauses.

»Wie hübsch sie war!« sagte der Mann.

Wenig Zeit verging, wenig hatte die Dämmerung sich vertieft, da kam das Kind von neuem aus der Gartenpforte hervor. Es blieb einen Augenblick stehen, äugte heimlich die Straße entlang, erspähte die Mauer, das Reblaub, das Liebespaar. Dann begann das Kind zu rennen, lief in schnellem Trab auf nackten federnden Sohlen die Straße heran, am Paar vorbei, kehrte rennend um, lief bis zum Gartentor, machte eine Minute halt, und rannte nochmals und noch zweimal, dreimal ihren stillen einsamen Trab.
Schweigend sahen die Liebenden ihr zu, wie sie lief, wie sie umkehrte, wie der kurze dunkle Rock um die schlanken Kinderbeine schlug. Sie fühlten, daß dies Traben ihnen galt, daß Zauber von ihnen ausstrahlte, daß dies kleine Mädchen in seinem Kindertraum die Ahnung von Liebe und schweigendem Rausch des Gefühls empfinde.
Der Lauf des Mädchens wurde nun zu einem Tanz, schwebend kam sie näher, wiegend, schrittwechselnd. Einsam tanzte die kleine Gestalt im Abend auf der weißen Straße. Ihr Tanz war eine Huldigung, ihr kleiner Kindertanz war ein Lied und Gebet an die Zukunft, an die Liebe. Ernst und hingegeben vollzog sie ihr Opfer, schwebte her, schwebte davon, und verlor sich am Ende in den dunkeln Garten zurück.
»Sie war von uns bezaubert«, sagte die Liebende. »Sie spürt Liebe.«

Der Freund schwieg. Er dachte: Vielleicht hat dies Kind in seinem kleinen Tanzrausch von der Liebe Schöneres und Volleres genossen als es je erleben wird. Er dachte: Vielleicht haben auch wir beide von unsrer Liebe das Beste und Innigste nun schon genossen, und was noch kommen kann, ist schale Neige.

Er stand auf und hob seine Freundin von der Mauer.

»Du mußt gehen«, sagte er, »es ist spät geworden. Ich begleite dich bis zum Kreuzweg.«

Eingeschlafen lag Landhaus und Garten, als sie am Tor vorübergingen. Granatblüten hingen übers Tor, noch in der einsinkenden Nacht klang hell ihr frohes Rot.

Umschlungen gingen sie bis zum Kreuzweg. Zum Abschied küßten sie sich heiß, rissen sich los, gingen auseinander, kehrten beide nochmals um, küßten sich nochmals, der Kuß gab kein Glück mehr, nur heißeren Durst. Das Mädchen begann rasch davon zu gehen, lange sah er ihr nach. Und auch in diesem Augenblick stand Vergangenheit bei ihm, sah ihm Gewesenes in die Augen: andre Abschiede, andre nächtliche Küsse, andre Lippen, andre Namen. Traurigkeit überfiel ihn, langsam ging er seine Straße zurück, Sterne kamen über den Bäumen hervor.

In dieser Nacht, die er nicht schlief, kamen seine Gedanken zu diesem Schluß:

Es ist nutzlos, Gewesenes zu wiederholen. Noch manche Frau könnte ich lieben, noch manches Jahr vielleicht ist mein Auge hell und meine Hand zärtlich, und mein Kuß den Frauen lieb. Dann muß Abschied genommen werden. Dann muß der Abschied, den ich heute freiwillig nehmen kann, in Niederlage und Verzweiflung genommen werden. Dann ist der Verzicht, der heut ein Sieg ist, nur noch schmählich. Darum muß ich heute schon verzichten, muß heut schon Abschied nehmen.

Viel habe ich heut gelernt, viel muß ich noch lernen. Von dem Kinde muß ich lernen, das uns mit seinem stillen Tanz entzückt hat. In ihm ist Liebe aufgeblüht als es ein Liebespaar am Abend sah. Eine frühe Welle, eine bangschöne Vorahnung der Lust floß diesem Kind durchs Blut, und es begann zu tanzen, da es noch nicht lieben kann. So muß auch ich tanzen lernen, muß Lustbegierde in Musik verwandeln, Sinnlichkeit in Gebet. Dann werde ich immer lieben können, dann werde ich nie mehr Gewesenes unnütz wiederholen müssen. Diesen Weg will ich gehen.

(um 1924)

Aquarell

Heute gegen Mittag sah und fühlte ich es schon, daß es heute einen Mal-Abend geben würde. Es war ein paar Tage windig gewesen, abends immer kristallklar, morgens bedeckt, und nun war diese weiche, etwas graue Luft gekommen, diese sanfte, träumende Verhüllung, oh, die kannte ich genau, und gegen Abend, wenn das Licht schräg fiel, würde es wunderschön werden. Es gab auch noch andere Mal-Wetter, natürlich, und schließlich konnte man bei jedem Wetter malen, schön war es immer, selbst bei Regen, selbst in der unheimlichen, glasigen Durchsichtigkeit eines Föhnvormittags, wenn man in einem Dorf, vier Stunden von hier, die Fenster zählen konnte. Aber Tage wie heute, das war etwas anderes und Besonderes, an diesen Tagen *konnte* man nicht malen, sondern *mußte* malen. Da blickte jedes Fleckchen Rot oder Ocker so klangvoll aus dem Grün, jeder alte Rebenpfahl mit seinem Schatten stand da so nachdenklich, schön und in sich versunken, und noch im tiefsten Schatten sprach jede Farbe klar und kräftig.

In meiner Kindheit kannte ich solche Tage in den Ferien. Da handelte es sich allerdings nicht ums Malen, sondern ums Angeln. Und auch angeln konnte man ja zur Not immer. Aber da gab es Tage mit einem gewissen Wind, einem gewissen Geruch, einer gewissen Feuchtigkeit, einer gewissen Art von Wolken und Schatten, da wußte ich schon gleich am Morgen genau und gewiß, daß es heute nachmittag am untern Steg Barben geben würde und daß am Abend bei der Walkmühle die Barsche beißen würden. Die Welt hat sich seither verändert, und mein Leben auch, und die Freude und satte Glücksfülle eines solchen Angeltages in der Knabenzeit ist etwas Sagenhaftes und kaum mehr Glaubliches geworden. Aber der Mensch selbst ändert sich wenig, und irgendeine Freude, irgendein Spiel will er haben, und so habe ich heute statt des Angelns das Aquarellmalen, und wenn die Wetterzeichen einen schönen, guten Maltag versprechen, dann spüre ich im altgewordenen Herzen wieder einen fernen, kleinen Nachklang jener Knaben-Ferienwonne, jener Bereitschaft und Unternehmungslust, und alles in allem sind das dann meine guten Tage, deren ich von jedem Sommer eine Anzahl erwarte.

So ging ich denn am Spätnachmittag aus, den Rucksack mit dem Malzeug auf dem Rücken, den kleinen Klappstuhl in der Hand, an den Platz, den ich mir schon um Mittag ausgedacht hatte. Es ist ein steiler Abhang über unserem Dorfe, früher von dichtem Kastanienwald bedeckt, im letzten Winter aber kahlgeschlagen, dort zwischen den noch ein wenig duftenden Baumstrünken hatte ich schon mehrmals gemalt. Von hier aus sah man die Ostseite unseres Dorfes, lauter dunkle, alte Dächer aus

Hohlziegeln, auch ein paar hellrote, neue, ein Gewinkel von nackten, unverputzten Mauern, überall Bäume und Gärtchen dazwischen, da und dort hing ein wenig weiße oder farbige Wäsche an der Luft. Jenseits die großen blauen Bergzüge, einer hinter dem andern, mit rosigen Spitzen und violetten Schattenzügen, rechts unten ein Stück See, winzig ein paar helle, schimmernde Dörfchen.

Nun hatte ich gegen zwei Stunden Zeit, während die Sonne langsam sank und das Licht über den Dächern und Mauern langsam wärmer, tiefer, goldener wurde. Ehe ich zu zeichnen begann, überblickte ich eine Weile das ganz vielfältige Tal bis zum See hinab, die fernen Dörfer, den Vordergrund mit den an der Schneide noch lichten Baumstümpfen, aus denen schon meterhohe, üppig grüne Seitensprossen trieben, dazwischen das rote, trockene Erdreich mit dem glimmerigen Gestein, mit den tief eingefressenen Wasserläufen aus der Regenzeit, und dann betrachtete ich unser Dorf, dies kleine, warme Genist von Mauern, Giebeln, Dächern, worin jede Linie und Fläche mir so lang und wohl bekannt ist, Formen, die ich manches Dutzendmal mit dem Auge studiert, mit dem Stift nachgezeichnet hatte. Ein großes Dach, früher Dunkelbraun, mit Caput mortuum zu malen, war neu gedeckt; es war das Haus von Giovanni, mit dem breiten, offenen Söller unterm Dach, wo im Herbst die goldgelben Maiskolben aufgehängt werden. Da hat er nun

sein ganzes großes Dach neu decken lassen! Vor einigen Monaten ist sein Vater gestorben, der älteste Mann im Dorf, nun hat er geerbt und ist reich und legt sich ins Zeug, verbessert und baut, streicht und malt. Und weiter hinten das Häuschen des kleinen Cavadini ist neu angemalt, wenigstens auf einer Seite. Er will heiraten, der kleine Kerl, und gegen den Garten hat er eine Tür herausgebrochen.
Ja, es muß Leute geben, die Häuser haben und Häuser bauen, die heiraten und Kinder in die Welt setzen, die am Abend vor ihren Türen sitzen und rauchen, am Sonntag in die Grotti gehen und Boccia spielen, und in den Gemeinderat gewählt werden. Alle diese Häuser und Hütten gehören irgendjemand, sind von jemand gebaut, jemand wohnt darin, ißt und schläft und sieht die Kinder heranwachsen, verdient oder macht Schulden. Und auch alle die Gärtchen und jeder Baum und jede Wiese, jeder Weinberg und Lorbeerstrauch und jedes Stückchen Kastanienwald gehört irgendeinem, wird verkauft, wird geerbt, macht Freude, macht Sorgen. In das große, neue Schulhaus geht die Jugend, lernt das Notwendigste, hat im Sommer drei Monate Ferien und geht dann tapfer und hungrig auf das Leben los, baut, heiratet, reißt Mauern ein, pflanzt Bäume, macht Schulden, schickt neue Kinder ins Schulhaus.
Was diese Menschen an ihren Häusern und Gärten sehen, das sehe ich nicht oder wenig davon. Daß

Wasser im Keller ist und der Speicher voll Ratten, daß der Kamin nicht zieht und daß im Garten die Bohnen zu viel Schatten haben, das sehe ich alles nicht, es freut mich nicht, es macht mir keine Sorgen. Aber das, was ich hier an unserem Dorfe sehe, das sehen nun wieder die Leute nicht. Keiner sieht, wie die bleiche, bröcklige Kalkwand dort hinten den Ton des Blau aus dem Himmel herüberzieht und auf Erden weiterschwingen macht. Keiner sieht, wie sanft und warm das verschossene Rosa jenes Giebels zwischen dem wehenden Grün der Mimosen lächelt, wie feist und prall das dunkle Ockergelb am Haus der Adamini vor dem schweren Blau des Berges steht, und wie witzig die Cypresse im Garten des Sindaco das Laubgekräusel überschneidet. Keiner sieht, daß die Musik dieser Farben gerade in dieser Stunde ihre reinste, bestgespannte Stimmung hat, daß das Spiel der Töne, die Stufenfolge der Helligkeiten, der Kampf der Schatten in dieser kleinen Welt zu keiner Stunde die gleichen sind. Keiner sieht, wie unten in der bläulichen Muschel des Tales der abendliche Goldrauch einen dünnen Streifen zieht und die jenseitigen Berge tiefer in den Raum zurücktreibt. Und wenn es Menschen geben muß, welche Häuser bauen, Häuser einreißen, Wälder pflanzen, Wälder abhauen, Fensterläden anstreichen und Gärten besäen, dann wird es wohl auch einen Menschen geben müssen, der dies alles sieht, der all diesem Tun und Treiben

ein Zuschauer ist, der diese Mauern und Dächer in sein Auge und Herz einläßt, der sie liebt, der sie zu malen versucht.
Ich bin kein sehr guter Maler, ich bin ein Dilettant; aber es gibt keinen einzigen Menschen, der in diesem weiten Tal die Gesichter der Jahreszeiten, der Tage und Stunden, der die Falten des Geländes, die Formen der Ufer, die launigen Fußwege im Grün so kennt und liebt und hegt wie ich, der sie so im Herzen hat und mit ihnen lebt. Dazu ist der Maler mit dem Strohhut da, mit seinem Rucksack und seinem kleinen Klappstuhl, der zu allen Zeiten diese Weinberge und Waldränder abstreift und belauert, über den die Schulkinder immer ein wenig lachen und der die anderen Leute zuweilen um ihre Häuser und Gärten, Frauen und Kinder, Freuden und Sorgen beneidet.
Ich habe ein paar Bleistiftstriche auf mein weißes Blatt gemacht, die Palette herausgeholt und Wasser eingeschenkt. Und nun setze ich mit einem Pinsel voll Wasser und wenig Neapelgelb den hellsten Fleck meines Bildchens hin; es ist der bestrahlte Giebel dort zuhinterst über dem fetten, saftigen Feigenbaum. Und jetzt weiß ich nichts mehr von Giovanni und nichts von Mario Cavadini und beneide sie nicht und kümmere mich um ihre Sorgen so wenig wie sie sich um die meinigen, sondern kämpfe mich gespannt und angestrengt durch die Grün, durch die Grau, wische naß über den fernen

Berg, tupfe Rot zwischen das grüne Laub, tupfe Blau dazwischen, sorge mich sehr um den Schatten unter Marios rotem Dach, mühe mich um das Goldgrün des runden Maulbeerbaumes über der schattigen Mauer. Für diese Abendstunde, für diese kurze, glühende Malstunde am Hang über unserem Dorf bin ich dem Leben der anderen kein Beobachter und Zuschauer mehr, beneide es nicht, beurteile es nicht, weiß nichts von ihm, sondern bin in mein Tun verbissen und in mein Spiel verliebt genauso hungrig, genauso kindlich, genauso tapfer wie die anderen in das ihre.

(1926)

Magie der Farben

Gottes Atem hin und wider,
Himmel oben, Himmel unten,
Licht singt tausendfache Lieder,
Gott wird Welt im farbig Bunten.

Weiß zu Schwarz und Warm zum Kühlen
Fühlt sich immer neu gezogen,
Ewig aus chaotischem Wühlen
Klärt sich neu der Regenbogen.

So durch unsre Seele wandelt
Tausendfalt in Qual und Wonne
Gottes Licht, erschafft und handelt,
Und wir preisen ihn als Sonne.

Zwischen Sommer und Herbst

Ein gutes Stück von diesem Sommer habe ich verloren, durch schlechtes Wetter, durch Kranksein, durch dies und das; aber diese Zeit zwischen Sommer und Herbst, die Zeit der letzten heißen Nächte und der ersten Astern, sauge ich mit allen Poren ein, sie ist für mich die Höhe und Erfüllung des ganzen Jahres, und wenn ich im Winter oder Frühling an sie denke, so weckt das Gedächtnis lauter schöne, holde und vergängliche Bilder: das Bild einer voll aufgeblühten Rose, wie sie sich schwer auf dem Stiele neigt und ganz in ihrem süßen Dufttraume bezaubert ist, oder das Bild eines Pfirsichs, eines purpurn angeflogenen reifen Pfirsichs, wie man ihn im rechten Augenblicke vom Spalier pflückt, in dem Augenblick nämlich, wo er der eigenen Süße und schweren Reife so gesättigt ist, daß er nicht mehr leben will, sich nicht mehr wehrt, wo er ergeben uns in die Hand fällt, sobald wir ihn nur berühren. Oder das Bild einer schönen Frau auf der Höhe des Lebens und der Liebesfähigkeit, mit den gelassenen Zügen, den würdigen Bewegungen der Reife, des Wissens und der Machtfülle, und mit dem rosenhaften Hauch von Schwermut, dem stillen Ergebensein in die Vergänglichkeit.

In diesen Tagen, welche höchstens bis zur Mitte des Septembers dauern können, in diesen spätsommerlich glühenden Tagen, wo im hart gewordenen

Laub die Trauben blau zu werden beginnen, wo nachts um die Lampe meines Arbeitszimmers die tausend kleinen juwelenschimmernden Falterchen, Glasflügler und Käfer summen, wo am Morgen in den großen mattglänzenden Spinnennetzen des Gartens die Tautropfen schon so herbstlich funkeln, während doch eine Stunde später Erde und Pflanzenwelt in stumm brütender Hitze dampft – in diesen Tagen zwischen Sommer und Herbst, die ich von Kind an besonders geliebt habe, kommt mir alle Empfänglichkeit für die zarten Stimmen der Natur wieder, alle Neugierde auf die flüchtigen Farbenspiele, alles jägerhafte Belauschen und Belauern der winzigen Vorgänge: wie ein vorzeitig welkendes Rebenblatt sich in der Sonne dreht und einrollt, wie eine kleine goldgelbe Spinne sich an ihrem Faden schwebend vom Baume sinken läßt, sanft wie Flaum, wie eine Eidechse auf besonntem Stein rastet und sich ganz flach macht, um die Strahlung vollkommen auszukosten, oder wie am Zweige eine blaßrote Rose sich auflöst, und nach dem lautlosen Dahinsinken ihrer Last der erleichterte Zweig ein klein wenig emporschnellt. Dies alles spricht dann wieder zu mir mit der Schärfe und Wichtigkeit, die es einst für meine Knabensinne hatte, und tausend Bilder aus vielen lang vergangenen Sommern werden in mir wieder lebendig, erscheinen hell oder behaucht auf der launisch spiegelnden Tafel der Erinnerung: Knabenstunden mit

Schmetterlingsnetz und Botanisierbüchse, Spaziergänge mit den Eltern und die Kornblumen auf dem Strohhut meiner Schwester, Wandertage mit Blicken von schwindelnden Brücken in brausende Gebirgsflüsse hinab, unerreichbar auf bespritzten Felsklippen schaukelnde Steinnelken, bleichrosa blühender Oleander am Gemäuer italienischer Landhäuser, bläulicher Höhenrauch über heidebewachsenen Hochflächen im Schwarzwald, Gartenmauern am Bodensee, überm sanft klatschenden Wasser hängend, in der gebrochenen Spiegelfläche ihre Astern, Hortensien und Geranien beschauend. Es sind mannigfache Bilder, aber allen ist gemeinsam die gedämpfte Glut, der Duft von Reife, etwas Mittägliches und Wartendes, etwas vom zärtlichen Flaum des Pfirsichs, etwas von der halbbewußten Schwermut schöner Frauen auf der Höhe ihrer Reife.

Wenn man jetzt durchs Dorf und die Landschaft geht, findet man in den Bauerngärten zwischen den glühenden Kapuzinern die blauen und rotvioletten Astern blühen, und unter den Korallenfuchsien liegt die Erde voll von süßroten gefallenen Blüten. Man findet in den Rebgängen auf manchen Blättern schon den ersten Klang der Herbstfarben, jenes metallische, braunbronzene matte Schimmern, und an den noch halbgrünen Trauben sind erste blaue Beeren zu sehen, manche sind schon dunkelblau und schmecken süß, wenn man sie probiert. In den

Wäldern klingt aus dem edlen Blaugrün der Akazien da und dort wie ein Hornsignal hell und rein das goldgelbe Getüpfel eines abgewelkten Zweiges, und von den Kastanienbäumen fällt da und dort verfrüht eine grüne stachlige Frucht. Die zähe, grüne Stachelschale ist schwer zu öffnen, die Stacheln scheinen so geschmeidig und dringen doch im Augenblick durch die Haut, heftig wehrt sich die kleine derbe Frucht ihres bedrohten Lebens. Und hat man sie herausgeschält, so hat sie die Konsistenz halbreifer Haselnüsse, schmeckt aber bitterer als diese.

Trotz der drückenden Wärme dieser Tage bin ich viel draußen. Ich weiß allzu gut, wie flüchtig diese Schönheit ist, wie schnell sie Abschied nimmt, wie plötzlich ihre süße Reife sich zu Tod und Welke wandeln kann. Und ich bin so geizig, so habgierig dieser Spätsommerschönheit gegenüber! Ich möchte nicht nur alles sehen, alles fühlen, alles riechen und schmecken, was diese Sommerfülle meinen Sinnen zu schmecken anbietet; ich möchte es, rastlos und von plötzlicher Besitzlust ergriffen, auch aufbewahren und mit in den Winter, in die kommenden Tage und Jahre, in das Alter, nehmen. Ich bin sonst nicht eben eifrig im Besitzen, ich trenne mich leicht und gebe leicht weg, aber jetzt plagt mich ein Eifer des Festhaltenwollens, über den ich zuweilen selber lächeln muß. Im Garten, auf der Terrasse, auf dem Türmchen unter der Wetterfahne setze ich mich Tag für Tag stundenlang fest, plötzlich unheimlich fleißig geworden, und mit Bleistift und Feder, mit Pinsel und Farben versuche ich dies und jenes von dem blühenden und schwindenden Reichtum beiseite zu bringen. Ich zeichne mühsam die morgendlichen Schatten auf der Gartentreppe nach und die Windungen der dicken Glyzinenschlangen und versuche die fernen gläsernen Farben der Abendberge nachzuahmen, die so dünn wie ein Hauch und doch so strahlend wie Juwelen sind. Müde komme ich dann nach Hause, sehr müde, und wenn ich am Abend meine Blätter in die Mappe lege, macht es mich beinahe traurig zu sehen, wie wenig von allem ich mir notieren und aufbewahren konnte.

Dann esse ich mein Abendmahl, Obst und Brot, und sitze dabei in dem etwas düsteren Zimmer schon ganz im Dunkeln, bald werde ich schon vor sieben Uhr das Licht anzünden müssen, und bald noch früher, und bald wird man sich an Dunkelheit und Nebel, an Kälte und Winter gewöhnt haben und kaum mehr wissen, wie die Welt einmal einen Augenblick lang so durchleuchtet und vollkommen war. Eine Viertelstunde lese ich dann, um auf andere Gedanken zu kommen, doch kann ich zu dieser Zeit nur auserlesen Gutes lesen.

Wie es im Zimmer dunkel wird, draußen aber noch der Tag ausatmend nachleuchtet, stehe ich auf und gehe auf die Terrasse hinaus, dort blickt man über ziegelgedeckte und efeubewachsene Brüstungsmauern gegen Castagnola, Gandria und San Mamete hinüber, und sieht hinter dem Salvatore den Monte Generoso rosig verglühen. Zehn Minuten, eine Viertelstunde dauert dies Abendglück.

Ich sitze im Lehnstuhl, mit müden Gliedern, mit müden Augen, aber nicht satt oder verdrossen, sondern voll Empfänglichkeit, und ruhe und denke an gar nichts, und auf der noch sonnenwarmen Terrasse stehen meine paar Blumen im letzten Abendlicht, mit schwach leuchtendem Laube, langsam einschlummernd, langsam vom Tage Abschied nehmend. Fremd steht und etwas verlegen in ihrer exotischen Starre die große Opuntie mit den goldenen Stacheln, sie bleibt ganz allein für sich; meine Freundin hat mir diesen Märchenbaum geschenkt, er hat einen Ehrenplatz auf meiner Dachterrasse. Neben ihr lächeln die Korallenfuchsien und dunkeln die violetten Kelche der Petunien, aber Nelke und Wicke, Türkenbund und Sternblume sind längst verblüht. Zusammengedrängt in ihren paar Töpfen und Kistchen stehen die Blumen, und mit dem Dunkelwerden ihres Laubes beginnen ihre Blütenfarben heftiger zu glühen, ein paar Minuten lang leuchten sie so tiefbrennend wie Glasfenster in einem Dom. Und dann erlöschen sie langsam, langsam und sterben den täglichen kleinen Tod, um sich auf den großen einmaligen vorzubereiten. Unmerklich entschwindet ihnen das Licht, unmerklich wird ihr Grün ins Schwarze verwandelt und ihre frohen Rot und Gelb sterben in gebrochenen Tönen zur Nacht hinüber. Manchmal kommt noch spät ein Falter zu ihnen geflogen, ein Schwärmer mit träumerisch schwirrendem Flug, bald aber ist der kleine Abendzauber vergangen, dunkel steht und plötzlich schwer geworden die Reihe der Berge drüben; aus dem hellgrünen Himmel, an dem man noch keinen Stern sehen kann, zucken in hastigem Flug die Fledermäuse und verschwinden blitzschnell. Tief unter mir im Tal geht ein Mann in weißen Hemdärmeln durchs Gras der Wiese und mäht, aus einem der Landhäuser am Dorfrand weht halbverwischt und einschläfernd ein wenig Klavierspiel herüber.

Da ich ins Zimmer zurückkehre und Licht anzünde, flügelt ein großer Schatten durchs Zimmer, und leise rauschend schwebt ein großer Nachtfalter gegen den grünen Glaskelch über dem Licht. Er setzt sich, hell bestrahlt, auf dem grünen Glase nieder, schlägt die langen schmalen Flügel zusammen, zittert mit dünn befiederten Fühlern, und seine schwarzen kleinen Augen glänzen wie feuchte Pechtropfen. Über seine geschlossenen Flügel läuft eine vielfach geäderte zarte Zeichnung wie Marmor, da spielen alle matten, gebrochenen, gedämpften Farben, alle Braun und Grau, alle Farbtöne welkender Blätter durcheinander und klingen sammetweich. Wenn ich ein Japaner wäre, so hätte ich von den Vorfahren her eine ganze Anzahl von genauen Bezeichnungen für diese Farben und ihre Mischungen geerbt und vermöchte sie zu benennen. Aber auch damit wäre nicht viel getan, so wie mit dem Zeichnen und Malen, dem Nachdenken und Schreiben nicht viel getan ist. In den braunroten, violetten und grauen Farbflächen der Falterflügel ist das ganze Geheimnis der Schöpfung ausgesprochen, all ihr Zauber, all ihr Fluch, mit tausend Gesichtern blickt das Geheimnis uns an, blickt auf und erlischt wieder, und nichts davon können wir festhalten.

(1930)

Frühling

In dämmrigen Grüften
Träumte ich lang
Von deinen Bäumen und blauen Lüften,
Von deinem Duft und Vogelgesang.

Nun liegst du erschlossen
In Gleiß und Zier
Von Licht übergossen
Wie ein Wunder vor mir.

Du kennst mich wieder,
Du lockst mich zart
Es zittert durch all meine Glieder
Deine selige Gegenwart.

Mai im Kastanienwald

Jetzt, in den ersten Maitagen und dann wieder im Spätherbst, hat die südliche Berglandschaft ihre schönsten Tage. Den ganzen Sommer hindurch sind alle Hügel und niedrigen Berge mit Wald bedeckt. Das ganze Land ist um diese Zeit grün, grün, grün, und wenn nicht überall die farbigen, blank hervorleuchtenden Dörfer dazwischen lägen und von weitem ein paar Schneeberge in die Landschaft hereinblickten, so wäre es beinahe langweilig. Jetzt dagegen, wo die Kastanien eben erst beginnen Blätter zu bekommen, wo der ganze Wald noch leicht durchsichtig ist, wo die letzten wilden Kirschbäume verblühen und die ersten Akazien zu blühen anfangen, jetzt ist der südliche Wald entzückend mit seinem brennend frischen, ins Rötliche spielenden Grün, das noch so dünn und schwebend ist und noch den Himmel und die Sterne und die fernen Gebirge überall hereinblicken läßt.

König des Waldes ist um diese Zeit der Kuckuck, überall in den stillen einsamen Tälern, auf den sonnigen Waldkuppen, in den schattigen Schluchten hört man seine tiefe Stimme werben. Sein Ruf bedeutet Frühling, sein Lied singt Unsterblichkeit, nicht umsonst ist er es, den man um die Zahl der Lebensjahre fragt. Warm und tief klingt seine Stimme durch die Wälder, sie klingt hier im Alpensüden nicht anders, als sie einst zu meinen Kinderzeiten im Schwarzwald und im Rheintal geklungen hat, nicht anders als sie einst in den Jahren am Bodensee klang, wo meine Söhne sie als Kinder zum erstenmal hörten. Sie ist die gleiche geblieben wie die Sonne, wie der Wald, wie das Grün der jungen Blätter und das Weiß und Violett der ziehenden Maiwolken. Jahr um Jahr ruft der Kuckuck, und niemand weiß, ob es noch der vom vorigen Jahr sei, und was aus den Kuckucken geworden ist, die wir als Kinder, als Knaben, als Jünglinge einst gehört haben. Diese holde tiefe Stimme klang einst wie Verheißung und Zukunft, wie Liebeswerben, wie Sturmruf, dem Glück entgegen, und klingt jetzt wie Vergangenheit; und dem Kuckuck gilt es gleich, ob wir es sind, denen er seine Mahnung zuruft, oder schon unsere Kinder und Enkel, ob er uns mit seinem Schrei in der Wiege weckt oder ob er über unsern Gräbern singt. Selten sieht man ihn, den scheuen Bruder, schon darum liebe ich ihn. Er zeigt sich nicht leicht, er will für sich bleiben. Für die allermeisten Menschen ist der Kuckuck nichts als diese schöne, tiefe, lockende Stimme im Grünen – gehört haben sie ihn viele tausendmal, gesehen haben sie ihn nie. Ich habe gestern ein ganzes Rudel von etwa zwölfjährigen Schulknaben gefragt, ob sie den »Kück« schon gesehen hätten, und bloß ein einziger sagte ja.

Ich aber habe ihn oft gesehen, den scheuen Bruder, meinen frohen Waldvetter, der den meisten unsichtbar bleibt, und von dem so entzückend frische und heimatlose Geschichten erzählt werden. Unsichtbar, beherrscht er doch zwei Monate lang den ganzen Wald als König. Ein tönender, herausfordernder Herold der Liebe, hält er von Ehe, Heim und Kinderzucht wenig. Rufe weiter, Bruder Kuckuck, du gehörst zu meinen Lieblingstieren. Ich stehe ja mit allen Tieren gut, obwohl ich selbst zu den Raubtieren gehöre, ich komme mit allen gut aus, kenne viele, habe an vielen meinen Spaß, auch an scheuen und wenig bekannten, sogar das kleine, angstvolle und doch so freche Hochlandfüchschen* ist mir nicht entgangen. Und dieser Tage ist es mir wieder einmal geglückt, den Kuckuck zu sehen, und nicht einen allein, sondern ein Paar, ihn und sie. Ich sah sie vom Grunde eines Tobels aus, in dem ich Maiblumen pflückte, und ich stand eine gute Weile still wie ein verdorrter Baum, sie merkten mich nicht. Spielend jagten sie sich in den hohen Wipfeln (es stehen dort zwischen dem Kastanienwald auch hohe Eschen) auf und ab, in jubelnden Girlanden ging ihr froher, geschmeidiger Flug, langgestreckt sausten die großen, dunklen Vögel von Baum zu Baum, in immer überraschenden, plötzlichen, wilden Wendungen, plötzlich senkrecht zur Erde, plötzlich wie Raketen in die Wipfel, und alle Augenblicke saßen sie ab, kürzer als eine Sekunde, und stießen scharf und erregt ihren Schrei hervor.

Nicht in jedem Jahr meines Lebens habe ich den Kuckuck zu Gesicht bekommen, alles in allem vielleicht ein Dutzend Mal, und nun wird er mir nicht mehr oft begegnen, die Beine wollen nicht mehr so recht, bald wird der scheue Bruder Kück nur noch meinen Söhnen und Enkeln singen. Hört ihm gut zu, ihr Enkel, er weiß viel, lernt von ihm! Lernt von ihm den kühnen, freudebebenden Frühlingsflug, den werbenden, warmen Lockruf, das schweifende Wanderleben, die Verachtung des Philisters, das Füchslein vom Hochland einbegriffen!

Jeden Tag bringe ich einige Stunden im Walde zu, schon blühen neben Anemone und Lungenkraut auch Salomonsiegel und Maiblume und die fleckige Orchis. Ich male zuweilen im Walde, zuweilen liege ich im Gras und schlafe, zuweilen liege ich und lese. Als Frühlingsfutter für diese schönen Tage habe ich mir aus dem Bücherhaufen, den die Verleger bei mir abladen, einige Goldkörner gepickt, die liegen bereit, häufig nehme ich eins dieser lieben Bücher mit zu den Maiblumen, zur Orchis und zum Kuckuck.

Dazu gehört »Im Schatten der jungen Mädchen« von Marcel Proust, deutsche Ausgabe im Verlag »Die Schmiede« in Berlin. Vor drei Jahren noch, als Proust endlich anfing, auch in Deutschland beachtet zu werden, sprachen unsere Kritiker von ihm flüsternd und geheimnisvoll wie von einem vergrabenen Schatz – heut' sind sie schon wieder mit ihm fertig und finden, er sei doch eben nur ein schwächlicher, entnervter Mensch mit Gefühlen zweiten Ranges. Möge den Kerls Schimmel auf der Zunge wachsen! Ich kümmere mich den Teufel um sie, ich bin froh, daß es etwas so beseelt Schönes, etwas so Warmes, Blumiges und Liebenswertes gibt wie die Gespinste dieses zarten Dichters, der nun schon lange den Kuckuck nicht mehr rufen hört.

Ich las auch mehrere Novellen von Gorki wieder, in der schönen Gesamtausgabe des Dichters, die im Malik-Verlag in Berlin erscheint und der schon acht Bände herausgebracht hat. Gorki ist mir nicht seiner proletarischen Herkunft wegen lieb, noch auch wegen seines schönen und edlen Gesinnungsprogramms – das alles kann man haben, auch ohne ein Dichter zu sein –, sondern wegen einiger unvergeßlicher Bilder, die so brennend gesehen, so schmerzvoll sprechend hingezeichnet sind, wie nur die Großen es können.

Dicht daneben stelle ich die Bilderbücher von Frans Masereel, die der Münchener Verlag Kurt Wolff jetzt zum Teil auch in billigen kleinen Volksausgaben gebracht hat. »Mein Stundenbuch« oder »Die Sonne«, das sind lebendigere, echtere Zeugen unserer Zeit und des Menschentums in seiner heutigen Not und heutigen Ekstase als tausend Dichtungen und Schilderungen, ihr Schwung und fro-

* Anspielung auf Friedrich Fuchs, den Redakteur der Zeitschrift »Hochland«.

hes Pathos, ihre Nachdenklichkeit und Mahnung spricht zu Tausenden, denen Worte nicht beikommen. Kein anderer Künstler spricht das Lebensgefühl unserer Zeit so kräftig und so allgemeinverständlich aus.
Eine glänzende Novelle fand ich in dem Buch »Ein Pfeil vom Himmel« von Chesterton (deutsch im Verlag »Die Schmiede« in Berlin). Ein ganz famoser Kopf, dieser Chesterton, es ist jedesmal eine Freude, ihm zu begegnen. Aber so ein klein wenig schade ist es vielleicht doch, daß ein solcher Mann nichts anderes macht als solche geistvolle Scherze. Nun, möge es das Spiel einer Arbeitspause sein!
Gerne lese ich zu Zeiten auch einige Seiten der kleinen Prosa von Polgar, die so scheinbar anspruchslos in ihrem kleinen Format daherkommt und so voll guter Rasse ist. Es ist von ihm ein neuer Band »Orchester von oben« erschienen, bei E. Rowohlt in Berlin.
Zwei Nachmittage verbrachte ich auch, im Moos unter einer alten, noch kahlen Kastanie, mit den »Künstlerbriefen über Kunst«, einer Auswahl von Briefen von Malern und anderen Künstlern aus fünf Jahrhunderten, die Uhde-Bernays zusammengestellt hat (Verlag von Wolfgang Jeß, Dresden), von den fünf Jahrhunderten hat allerdings das neunzehnte den Löwenanteil abbekommen. Ich werde dies schöne Buch voll von Künstlerbekennt-

nissen einem jungen Maler schenken, als Begleiter auf seine erste Reise nach Paris.
Und dann habe ich da noch »Das Schloß« von Franz Kafka, einen Roman aus dem Nachlaß dieses verkannten Dichters, eine Dichtung voll tiefen, magischen Spiels (bei Kurt Wolff, München). Es soll in Deutschland noch immer einige Personen geben, welche fähig sind, einer Dichtung genießend gerecht zu werden – mag es auch nur eine Legende sein, ich wende mich an diese legendäre Gemeinde und verspreche ihr, sie werde in Kafkas »Schloß« einen echten Edelstein finden. Sollten jene paar echten Leser wirklich noch existieren, so werden sie in diesem Roman nicht bloß den Zauber und Beziehungsreichtum eines Traumes, mit echter Traumlogik, finden, sondern auch eine deutsche Prosa von ganz einziger Sauberkeit und Strenge.
Bald wird es hier Sommer sein. Bald wird der Wald dichtgrün zusammenwachsen, und in den Lichtungen wird das dünne, zarte Waldgras hochschießen, und nachts werde ich die Eulen rufen hören – und auch die Eule ist ein Vogel, vor dem ich große Hochachtung habe, nicht minder als vor dem Kuckuck. Auch sie ist scheu und selten sichtbar, und versteht so weich und traumhaft lautlos zu fliegen wie eine Wolke, außerdem ist sie ein Raubvogel, mit scharfem, festem Fang und Schnabel, und gescheiter als viele andere Tiere, von Menschen gar nicht zu reden. Bald wird es Sommer sein, neue

Töne werden den Wald erfüllen, neue Düfte, neue Farben, und was heut' grün und klein und keimend aus dem Boden ragt, wird dann alt und starr und braun geworden sein. Und auch der Kuckuck wird verstummen, auch er, und nur die Sonne scheint weiter, und die Sterne, und auch die Verleger schicken nach wie vor ihre vortrefflichen Bücher.

(1927)

Sprache

Die Sonne spricht zu uns mit Licht,
Mit Duft und Farbe spricht die Blume,
Mit Wolken, Schnee und Regen spricht
Die Luft. Es lebt im Heiligtume
Der Welt ein unstillbarer Drang,
Der Dinge Stummheit zu durchbrechen,
In Wort, Gebärde, Farbe, Klang
Des Seins Geheimnis auszusprechen.
Hier strömt der Künste lichter Quell,
Es ringt nach Wort, nach Offenbarung,
Nach Geist die Welt und kündet hell
Aus Menschenlippen ewige Erfahrung.
Nach Sprache sehnt sich alles Leben,
In Wort und Zahl, in Farbe, Linie, Ton
Beschwört sich unser dumpfes Streben
Und baut des Sinnes immer höhern Thron.

In einer Blume Rot und Blau,
In eines Dichters Worte wendet
Nach innen sich der Schöpfung Bau,
Der stets beginnt und niemals endet.
Und wo sich Wort und Ton gesellt,
Wo Lied erklingt, Kunst sich entfaltet,
Wird jedesmal der Sinn der Welt,
Des ganzen Daseins neu gestaltet,
Und jedes Lied und jedes Buch
Und jedes Bild ist ein Enthüllen,

Ein neuer, tausendster Versuch,
Des Lebens Einheit zu erfüllen.
In diese Einheit einzugehn
Lockt euch die Dichtung, die Musik,
Der Schöpfung Vielfalt zu verstehn,
Genügt ein einziger Spiegelblick.
Was uns Verworrenes begegnet,
Wird klar und einfach im Gedicht:
Die Blume lacht, die Wolke regnet,
Die Welt hat Sinn, das Stumme spricht.

Floßfahrt

Vermutlich laufen auch heute noch da und dort auf Erden Bäche und Ströme durch Gras und Wald, stehen frühmorgens an Waldrändern im betauten Laubwerk sanftblickende Rehe, vielleicht auch kommt den Kindern von heute ihr Bach mit seinen Zementufern und ihre Wiese mit dem Sportplatz und den Fahrradgestellen ebenso schön und ehrwürdig vor, wie uns Unzeitgemäßen einst, vor einem halben Jahrhundert, ein wirklicher Bach und eine wirkliche Wiese vorkam. Es hat keinen Sinn, darüber zu streiten, vielleicht ist tatsächlich die Welt inzwischen vollkommener geworden. Sei dem, wie ihm wolle, wir Älteren sind dennoch der Meinung, wir hätten vor vierzig bis fünfzig Jahren noch etwas eingeatmet, etwas gekostet und miterlebt, was seither vollends aus der vervollkommneten Welt entschwunden ist: den Rest einer Unschuld, den Rest einer Harmlosigkeit und Ländlichkeit, welche damals noch da und dort mitten in Deutschland anzutreffen war, während sie heute auch in Polynesien vergebens gesucht wird. Darum erinnern wir uns gern der Kindheit und genießen froh, dumm und egoistisch das Recht unseres Alters, die vergangenen Zeiten auf Kosten der heutigen zu loben. Eine Erinnerung an die sagenhaft gewordene Kindheit kam mir dieser Tage. Sei willkommen, schöne Erinnerung!

Durch meine Vaterstadt im Schwarzwald floß ein Fluß, ein Fluß, an dem damals nur erst ganz wenige Fabriken standen, wo es viele alte Mühlen und Brücken, Schilfufer und Erlengehölze, wo es viele Fische und im Sommer Millionen von dunkelblauen Wasserjungfern gab. Es ist mir unbekannt, wie sich die Fische und die Wasserjungfern zwischen dem zunehmenden Zementgemäuer der Ufer und den zunehmenden Fabriken gehalten haben, vielleicht sind sie noch immer da. Vermutlich längst verschwunden aber ist etwas, was es damals auf dem Flusse gab, etwas Schönes und Geheimnisvolles, etwas Märchenhaftes, etwas vom Allerschönsten, was dieser schöne sagenhafte Fluß besaß: die Flößerei. Damals, zu unseren Zeiten, wurden die Schwarzwälder Tannenstämme den Sommer über in gewaltigen Flößen alle die kleinen Flüsse bis nach Mannheim und zuweilen noch bis nach Holland hinunter auf dem Wasser befördert, die Flößerei war ein eigenes Gewerbe, und für jedes Städtchen war im Frühjahr das Erscheinen des ersten Floßes noch wichtiger und merkwürdiger als das der ersten Schwalben.

Ein solches Floß (das aber auf Schwäbisch nicht »das Floß« hieß, sondern »der Flooz«) bestand aus lauter langen Tannen- und Fichtenstämmen, sie waren entrindet, aber nicht weiter zugehauen, und das Floß bestand aus einer größeren Anzahl von Gliedern. Jedes Glied umfaßte etwa acht bis zwölf

Stämme, die an den Enden verbunden waren, und an jedem Glied hing das nächste Glied elastisch, mit Weiden gebunden, so daß das Floß, war es auch noch so lang, mit seinen beweglichen Gliedern sich den Krümmungen des Flusses anschmiegen konnte. Dennoch passierte es nicht selten, daß ein Floß stecken blieb, eine aufregende Sache für die ganze Stadt und ein hohes Fest für die Jugend. Die Flößer, wegen ihres Mißgeschicks von den Brücken herab und aus den Fenstern der Häuser vielfach verhöhnt, waren wütend und hatten fieberhaft zu arbeiten, wateten schimpfend bis zum Bauch im Wasser, schrien und zeigten die ganze berühmte Wildheit und Rauhigkeit ihres Standes; noch ärgerlicher und böser waren die Müller und Fischer, und alles, was am Ufer sein Leben und seine Arbeit hatte, namentlich die vielen Gerber, rief den Flößern Scherzworte oder Schimpfworte zu. War das Floß unter einem offenen Schleusentor steckengeblieben, dann trabten und schimpften die Müller ganz besonders, und es gab dann zuweilen für uns Knaben ein besonderes Glück: das Flußbett rann eine Strecke weit beinahe leer, und unterhalb der Wehre konnten wir dann die Fische mit der Hand fangen, die breiten, glänzenden Rotaugen, die schnellen, stachligen Barsche und etwa auch ein Neunauge.

Die Flößer gehörten offensichtlich zu den Unseßhaften, Wilden, Wanderern, Nomaden, und Floß und Flößer waren bei den Hütern der Sitte und Ordnung nicht wohlgelitten. Umgekehrt war für uns Knaben, sooft ein Floß erschien, Gelegenheit zu Abenteuern, Aufregungen und Konflikten mit jenen Ordnungsmächten. So wie zwischen Müllern und Flößern ein ewiger Krieg bestand, in dem ich stets zur Partei der Flößer hielt, so bestand bei unseren Lehrern, Eltern, Tanten eine Abneigung gegen das Flößerwesen, und ein Bestreben, uns mit ihm möglichst wenig in Berührung kommen zu lassen. Wenn einer von uns zu Hause mit einem recht unflätigen Wort, einem meterlangen Fluch aufwartete, dann hieß es bei den Tanten, das habe man natürlich wieder bei den Flößern gelernt. Und an manchem Tage, der durch die Durchreise eines Floßes uns zum Fest geworden war, gab es väterliche Prügel, Tränen der Mutter, Schimpfen des Polizisten. Eine schöne Sage, die wir Knaben über alles liebten, war die von einem kleinen Buben, der einst wider alle Verbote ein Floß bestiegen und damit bis nach Holland und ans Meer gekommen sei und erst nach Monaten sich wieder bei seinen trauernden Eltern eingefunden habe. Es diesem Märchenknaben gleichzutun, war jahrelang mein innigster Wunsch.

Weit öfter, als mein guter Vater ahnte, bin ich als kleiner Bub für kurze Strecken blinder Passagier auf einem Floß gewesen. Es war streng verboten, man hatte nicht nur die Erzieher und die Polizei gegen sich, sondern leider meistens auch die Flößer. Schöneres und Spannenderes gibt es für einen Knaben nicht auf der Welt, als eine Floßfahrt. Denke ich daran, so kommt mit hundert zauberhaften Düften die ganze Heimat und Vergangenheit herauf. Ein vorüberfahrendes Floß besteigen, konnte man entweder vom Laufsteg eines Schleusentors, einer sogenannten »Stellfalle« aus – das galt für schneidig und forderte einigen Mut, oder aber vom Ufer aus, was oft gar nicht schwierig war, aber doch jedesmal mit einem halben oder ganzen Bad bezahlt werden mußte. Am besten noch ging es an ganz warmen Sommertagen, wenn man ohnehin sehr wenig Kleider und weder Schuhe noch Strümpfe anhatte. Dann kam man leicht aufs Floß, und wenn man Glück hatte und sich vor den Flößern verbergen konnte, war es wunderbar, ein paar Meilen weit zwischen den grünen stillen Ufern den Fluß hinunterzufahren, unter den Brücken und Stellfallen hindurch.

Während des Fahrens aber, wenn nicht gerade ein Flößer freundlich war und einen auf einen Bretterstoß setzte, bekam man sehr bald auch die Unbilden des beneideten Flößerhandwerks zu kosten. Man stand unsicher auf den glitschigen Stämmen, zwischen denen das Wasser ununterbrochen heraufspritzte, man war naß bis auf die Knochen, und wenn es nicht sehr sommerlich war, fing man stets bald an zu frieren. Und dann kam der Augenblick näher, wo man das rasch fahrende Floß wieder verlassen mußte, es ging gegen den Abend, man schlotterte vor nasser Kühle, und man war bis in eine Gegend mitgefahren, wo man die Ufer nicht mehr so genau kannte wie zu Hause. Nun galt es eine Stelle zu erspähen und unverweilt mit raschem Entschluß zu benützen, wo ein Absprung ans Land möglich schien – meistens gab es in diesem letzten Augenblick nochmals ein Bad, auch war es oft gefährlich, und hie und da passierte ein Unglück; auch mir ist bei diesem Anlaß einst der Schauder der Todesgefahr bekannt geworden.

Und wenn man dann glücklich wieder an Land war, Erde und Gras unter den Füßen hatte, dann war es weit, zuweilen sehr weit nach Hause zurück, man stand in nassen Schuhen, nassen Kleidern, man hatte die Mütze verloren, und nun spürte man nach dem langen glitschigen Stehen auf den nassen Baumstämmen eine Schwäche in den Waden und Knien und mußte doch noch eine Stunde oder zwei oder mehr zu Fuß laufen, und alles nur, um dann von schluchzenden Müttern, entsetzten Tanten und einem todernsten Vater empfangen zu werden, welche dem Herrn dafür dankten, daß er wider Verdienst den entarteten Knaben hatte heil entrinnen lassen.

Schon in der Kindheit war es so: man bekam nichts geschenkt, man mußte jedes Glück bezahlen. Und wenn ich heute nachrechne, in was das Glück einer solchen Floßfahrt eigentlich bestand, wenn ich alle die Beschwerden, Anstrengungen, Unbilden abziehe, so bleibt wenig übrig. Aber dieses wenige ist wunderbar; ein stilles, rasch und erregend ziehendes Fahren auf dem kühlen, laut rauschenden Fluß, zwischen lauter spritzendem Wasser, ein traumhaftes Hinwegfahren unter den Brücken, durch dicke, lange Gehänge von Spinnweben, träumerische Augenblicke des Versinkens in ein unsäglich seliges Gefühl von Wanderung, von Unterwegssein, von Entronnensein und Indiewelthineinfahren, mit der Perspektive zum Neckar und zum Rhein und nach Holland hinunter – und dies wenige, diese mit Nässe, Frieren, mit Schimpfworten der Flößer, Predigten der Eltern bezahlte Seligkeit wog doch alles auf, war doch alles wert, was man dafür geben mußte. Man war ein Flößer, man war ein Wanderer, ein Nomade, man schwamm an den Städten und Menschen vorbei, still, nirgends hingehörig, und fühlte im Herzen die Weite der Welt und ein sonderbares Heimweh brennen. O nein, es war gewiß nicht zu teuer bezahlt.

(1928)

Glück

Solang du nach dem Glücke jagst,
Bist du nicht reif zum Glücklichsein,
Und wäre alles Liebste dein.

Solang du um Verlornes klagst
Und Ziele hast und rastlos bist,
Weißt du noch nicht, was Friede ist.

Erst wenn du jedem Wunsch entsagst,
Nicht Ziel mehr noch Begehren kennst,
Das Glück nicht mehr mit Namen nennst,

Dann reicht dir des Geschehens Flut
Nicht mehr ans Herz, und deine Seele ruht.

Feuerwerk

Meine Freunde und Feinde wissen und tadeln es längst: ich habe an vielen Dingen keine Freude und glaube an viele Dinge nicht, die der Stolz der heutigen Menschheit sind; ich glaube nicht an die Technik, ich glaube nicht an die Idee des Fortschritts, ich glaube weder an die Herrlichkeit und Größe unserer Zeit noch an irgendeine ihrer »führenden Ideen«, während ich hingegen vor dem, was man »Natur« nennt, eine unbegrenzte Hochachtung habe.

Und dennoch gibt es manche Erfindungen und Überlistungen der Naturkräfte, die ich außerordentlich bewundere und liebe, die ich ebenso und eher noch mehr liebe als die Erscheinungen der Natur. Während ein Motorwettfahren mich nicht einen Meter weit aus meiner Stube zu locken vermag, bin ich durch ein Ohr voll echter Musik, durch den Anblick einer echten Architektur, durch den Vers eines Dichters überaus leicht zu zähmen, und bewundere den Menschengeist, der solche Dinge hervorgebracht hat. Wenn ich es recht betrachte, sind es eigentlich nur die »nützlichen« Erfindungen, denen ich abgeneigt bin und mißtraue. Bei diesen angeblich nützlichen Errungenschaften ist immer so ein verfluchter Bodensatz dabei, sie sind alle so schäbig, so ungroßmütig, so kurzatmig, man stößt so schnell auf ihren Antrieb, auf die Eitelkeit oder die Habsucht, und überall hinterlassen diese nützlichen Kulturerscheinungen einen langen Schweif von Schweinerei, von Krieg, von Tod, von verheimlichtem Elend. Hinter der Zivilisation her ist die Erde voll von Schlackenbergen und Abfallhaufen, die nützlichen Erfindungen haben nicht nur hübsche Weltausstellungen und elegante Automobilsalons zur Folge, sondern es folgen ihnen auch Heere von Bergwerkarbeitern mit blassen Gesichtern und elenden Löhnen, es folgen ihnen Krankheiten und Verödung, und daß die Menschheit Dampfmaschinen und Turbinen hat, dafür zahlt sie mit unendlichen Zerstörungen im Bild der Erde und im Bilde des Menschen, dafür zahlt sie mit Zügen im Gesicht des Arbeiters, mit Zügen im Gesicht des Unternehmers, mit Verkümmerungen der Seele, mit Streiken und mit Kriegen, mit lauter schlimmen und abscheulichen Dingen, während dagegen dafür, daß der Mensch die Violine erfunden, und dafür, daß jemand die Arien im Figaro geschrieben hat, keinerlei Preis bezahlt werden muß. Mozart und Mörike haben der Welt nicht viel gekostet, sie waren wohlfeil wie der Sonnenschein, jeder Angestellte in einem technischen Büro kommt teurer.

Aber wie gesagt, alle Achtung vor gewissen Erfindungen! Namentlich alle jene Erfindungen, die den Stempel des Unnützen, der Müßiggängerei, des Spielerischen und Verschwenderischen an sich tra-

gen, liebe ich von Kind auf mit Leidenschaft. Es gehören zu diesen Künsten nicht nur die der Musik, der Dichtung usw., sondern noch manche andere. Je unnützer eine Kunst ist, je weniger sie irgendwelchen Notdürften dient, je mehr sie den Charakter des Luxus, des Müßiggangs, der Kinderei an sich trägt, desto lieber ist sie mir.
Und da ist es mir eine schöne und merkwürdige Erfahrung, daß die Menschheit eigentlich gar nicht immer so ist wie sie gern tut, gar nicht so unendlich praktisch und nützlichkeitsbetrunken, gar nicht so happig und berechnend. Erst dieser Tage habe ich wieder einen entzückenden Beweis davon erhalten. Unsre kleine Stadt am See hat ein großes Feuerwerk abgebrannt. Das Feuerwerk hat, die langen Pausen mitgerechnet, knapp eine Stunde gedauert, und es hat, wie mir versichert wird, manche tausend Franken gekostet. Da lacht mir das Herz. Ein Magistrat, ein Verkehrsverein samt Bürgerausschuß haben sich da zusammengetan, um etwas zustande zu bringen, was mich und manche andere entzückt, was aber jedem echten Volkswirtschafter, jedem wirklichen Freund des Nützlichen wie ein toller Spuk erscheinen muß. Sie haben beschlossen, sich und den zur Zeit anwesenden Kurgästen einmal einen rechten Spaß zu machen. Sie haben beschlossen, auf die hübscheste, unnützeste und rascheste, auf die flatterhafteste und lustigste Art der Welt einige tausend überflüssige Franken in die Luft zu

jagen, und es ist ihnen vortrefflich geglückt, das muß ich sagen. Es war großartig. Es fing mit einem gewaltigen Kanonenschlag an, einer Parodie auf alle Kriege und Morde, einer musikalisch-scherzhaften Verwendung der ernsthaftesten Kräfte, die der findige Mensch in seinen Dienst zu stellen gewußt hat. Und so ging es weiter. Statt geschossen, wurde geknallt, statt Granaten kamen Raketen, statt Schrapnells kamen Leuchtkugeln, statt Verwundungen gab es Ausrufe des Entzückens, kurz, der ganze kostspielige Krieg tobte sich bei aller Pulververschwendung so harmlos und liebenswürdig, so bunt und vergnüglich aus, daß es eine Freude war.

Außerdem verlief dieser Krieg, ein sehr klug und tief voraus bedachter und berechneter Feldzug, keineswegs so dumm und geistlos wie Kriege sonst verlaufen. Auch den Granatenkriegen, den wirklichen, auch den Kriegen der Generäle liegen ja meistens sehr kluge und genaue Pläne und Vorausberechnungen zugrunde, nur leider kommt es immer ganz anders, und schließlich steckt man statt in der Ausführung einer genau berechneten technischen Aktion in großen Schweinereien drin, die niemand vorausgesehen hat, und welche niemand erfreuen können. Hier aber, bei diesem prachtvollen Kleinkrieg, ging alles wie vorausgedacht, es verliefen Auftakt und Vorspiel, Steigerung und Verzögerung und alles bis zum glänzenden Schlußeffekt durchaus so, wie es gewollt war, es war kein blindes und rohes Geschehen, wie die Kriege es meistens trotz den Generalstabsplänen werden, sondern es war eine rein geistige, rein spielerische, eine völlig ideale Angelegenheit.

Es war die Frage zu lösen; wie kann man soundso viel tausend Franken in möglichst kurzer Zeit zum Vergnügen möglichst vieler und ohne jede üble Folge verpulvern? Die Frage wurde genial und restlos gelöst. Verteilt auf einige wenige große Bukette von Riesenraketen, jedes für einige Tausend, sauste in kurzer Frist der ganze Betrag aufs erfreulichste in die Lüfte, jeder Augenblick dieses Ablaufs entsprach der Absicht des Feuerwerkers, das Programm wickelte sich ab wie eine Symphonie nach den magischen Vorschriften der Partitur abgespielt wird, und jeder Moment dieser Abwicklung war für uns Zuschauer voll Spannung und Genuß. Es wurde dasselbe erreicht wie mit aller hohen und echten Kunst: ein Erinnertwerden an göttliche, geistfunkelnde Lebensräume, ein wehmütiges Lächeln über das rasche Vergehen und Hinwelken alles Schönen, ein tapferes Einverstandensein mit dem verschwenderischen Schauspiel. War auch vielleicht der eine und andere kleine arme Teufel mit unter den Zuschauern, der zwischenhinein gelegentlich dachte, wie sehr ihm damit gedient wäre, wenn er den zehnten oder zwanzigsten Teil dessen bekäme, was das hübsche vergängliche Schauspiel kostete – das waren geringe Ausnahmen. Die Mehrzahl der Zuschauer – das fühlte man deutlich in der Festatmosphäre dieses Abends – dachte nicht an solche Nichtigkeiten, sie standen mit aufgerissenen Augen, mit zurückgebogenen Köpfen, sie lachten und schwiegen und waren entzückt, bezaubert und irgendwo auch erschüttert von der Schönheit dieser Vorgänge: von ihrer Planmäßigkeit, von ihrer offensichtlichen Nutzlosigkeit, von der gewaltigen Verschwendung an Pulver, an Licht, an Geist und Berechnung, von dem ganzen riesigen Aufwand, der da für nichts getrieben wurde, von dem ganzen kostspieligen und witzigen Apparat, der da in Bewegung gesetzt wurde, bloß um sich einen kurzen, kleinen Spaß zu machen. Ich glaube sogar, wenn es erlaubt ist das zu sagen, daß das Gefühl, das die meisten dieser bezauberten Zuschauer dabei erlebten, dem der Frömmigkeit ebenso nah verwandt war wie die Gefühle, mit denen die sonntäglichen Kirchenbesucher eine Predigt anhören.

Gewiß, wenn ich wirklich der Nörgler wäre, als den mich meine Freunde und Feinde gern hinstellen, so würde es mir nicht schwer werden, auch hinter der entzückenden Fassade dieses Feuerwerks Unrat zu wittern. Es könnte immerhin sein, daß Hoteliers und Magistrat das Ganze nicht veranstaltet haben, um sich von ihren Franken zu befreien, sondern im Gegenteil, um auf Umwegen Geld zu verdienen. Es könnte sein, daß der größte

Teil des verflatterten Geldes dort hängen bleibt, wo man mit Geduld und Umsicht die kommenden Kriege vorbereitet: bei den Herstellern der Sprengmittel usw. Kurz, es würde nicht viel Geist dazu gehören, um auch dies hübsche kleine Feuerwerk-Erlebnis zu entwerten. Aber ich hüte mich wohl, dies zu tun. Ich bin noch berauscht von jenem Wolkenbruch zischender grüner und roter Sternchen, die aus dem Kelch einer goldenen Riesenblume stürzten, und beglückt über diese Riesenfeuerblume selbst, die den halben Himmel einnahm und dann so rasch und gründlich verschwunden war. Überhaupt, ich bin noch immer entzückt, es war so wunderbar – z. B. wie die roten Funkenregen so leise wie dünner Flockenfall sich schleierzart am Nachthimmel verloren und so unsäglich fremd und aus anderem Stoff hinter ihnen die wirklichen Sterne wieder sichtbar wurden! Auch jene originelle Art von kaltschnäuzigen Raketen hat mir gefallen, die so fabelhaft energisch und wild emporstreben und offenbar durchaus gesonnen sind, eine halbe Stunde lang den ganzen Himmel mit ihrer Wichtigkeit zu erfüllen – und die dann, kaum auf der Höhe ihrer Bahn angekommen, ganz plötzlich mit einem ärgerlichen kurzen Knall verschwinden, wie ein Herr etwa, der sich entschlossen hat, einem großen Fest beizuwohnen, der sich im Frack und mit allen Orden in den Festsaal begeben hat, den aber beim Anblick des Saales ein Widerwille packt, so daß er den Mund zusammenkneift, kurzum kehrtmacht und beim Weggehen vor sich hin murmelt »Ach, ihr alle könnt mir…«

(1930)

Blauer Schmetterling

Flügelt ein kleiner blauer
Falter vom Wind geweht,
Ein perlmutterner Schauer,
Glitzert, flimmert, vergeht.
So mit Augenblicksblinken,
So im Vorüberwehn
Sah ich das Glück mir winken,
Glitzern, flimmern, vergehn.

Über Schmetterlinge

Alles Sichtbare ist Ausdruck, alle Natur ist Bild, ist Sprache und farbige Hieroglyphenschrift. Wir sind heute, trotz einer hoch entwickelten Naturwissenschaft, für das eigentliche Schauen nicht eben gut vorbereitet und erzogen, und stehen überhaupt mit der Natur eher auf dem Kriegsfuß. Andere Zeiten, vielleicht alle Zeiten, alle früheren Epochen bis zur Eroberung der Erde durch die Technik und Industrie, haben für die zauberhafte Zeichensprache der Natur ein Gefühl und Verständnis gehabt, und haben sie einfacher und unschuldiger zu lesen verstanden als wir. Dies Gefühl war durchaus nicht ein sentimentales, das sentimentale Verhältnis des Menschen zur Natur ist noch ziemlich neuen Datums, ja es ist vielleicht erst aus unserem schlechten Gewissen der Natur gegenüber entstanden.

Der Sinn für die Sprache der Natur, der Sinn für die Freude am Mannigfaltigen, welche das zeugende Leben überall zeigt, und der Drang nach irgendeiner Deutung dieser mannigfaltigen Sprache, vielmehr der Drang nach Antwort ist so alt wie der Mensch. Die Ahnung einer verborgenen, heiligen Einheit hinter der großen Mannigfaltigkeit, einer Urmutter hinter all den Geburten, eines Schöpfers hinter all den Geschöpfen, dieser wunderbare Urtrieb des Menschen zum Weltmorgen und zum Geheimnis der Anfänge zurück ist die Wurzel aller Kunst gewesen und ist es heute wie immer. Wir scheinen heute der Naturverehrung in diesem frommen Sinn des Suchens nach einer Einheit in der Vielheit unendlich fern zu stehen, wir bekennen uns zu diesem kindlichen Urtrieb nicht gern und machen Witze, wenn man uns an ihn erinnert. Aber wahrscheinlich ist es dennoch ein Irrtum, wenn wir uns und unsere ganze heutige Menschheit für ehrfurchtslos und für unfähig zu einem frommen Erleben der Natur halten. Wir haben es nur zur Zeit recht schwer, ja es ist uns unmöglich geworden, die Natur so harmlos in Mythen umzudichten und den Schöpfer so kindlich zu personifizieren und als Vater anzubeten, wie es andere Zeiten tun konnten. Vielleicht haben wir auch nicht unrecht, wenn wir gelegentlich die Formen der alten Frömmigkeit ein wenig seicht und spielerisch finden, und wenn wir zu ahnen glauben, daß die gewaltige, schicksalhafte Neigung der modernen Physik zur Philosophie im Grunde ein frommer Vorgang sei.

Nun, ob wir uns fromm-bescheiden oder frech-überlegen benehmen mögen, ob wir die früheren Formen des Glaubens an die Beseeltheit der Natur belächeln oder bewundern: unser tatsächliches Verhältnis zur Natur, sogar dort wo wir sie nur noch als Ausbeutungsobjekt kennen, ist eben dennoch das des Kindes zur Mutter, und zu den paar uralten

Wegen, die den Menschen zur Seligkeit oder zur Weisheit zu führen vermögen, sind keine neuen Wege hinzugekommen. Einer von ihnen, der einfachste und kindlichste, ist der Weg des Staunens über die Natur und des ahnungsvollen Lauschens auf ihre Sprache.

»Zum Erstaunen bin ich da!« sagt ein Vers von Goethe.

Mit dem Erstaunen fängt es an, und mit dem Erstaunen hört es auch auf, und ist dennoch kein vergeblicher Weg. Ob ich ein Moos, einen Kristall, eine Blume, einen goldenen Käfer bewundere oder einen Wolkenhimmel, ein Meer mit den gelassenen Riesen-Atemzügen seiner Dünungen, einen Schmetterlingsflügel mit der Ordnung seiner kristallenen Rippen, dem Schnitt und den farbigen Einfassungen seiner Ränder, der vielfältigen Schrift und Ornamentik seiner Zeichnung und den unendlichen, süßen, zauberhaft gehauchten Übergängen und Abtönungen der Farben – jedesmal wenn ich mit dem Auge oder mit einem andern Körpersinn ein Stück Natur erlebe, wenn ich von ihm angezogen und bezaubert bin und mich seinem Dasein und seiner Offenbarung für einen Augenblick öffne, dann habe ich in diesem selben Augenblick die ganze habsüchtige blinde Welt der menschlichen Notdurft vergessen, und statt zu denken oder zu befehlen, statt zu erwerben oder auszubeuten, zu bekämpfen oder zu organisieren, tue ich für diesen Augenblick nichts anderes als »erstaunen« wie Goethe, und mit diesem Erstaunen bin ich nicht nur Goethes und aller andern Dichter und Weisen Bruder geworden, nein ich bin auch der Bruder alles dessen, was ich bestaune und als lebendige Welt erlebe: des Falters, des Käfers, der Wolke, des Flusses und Gebirges, denn ich bin auf dem Weg des Erstaunens für einen Augenblick der Welt der Trennungen entlaufen und in die Welt der Einheit eingetreten, wo ein Ding und Geschöpf zum andern sagt: Tat twam asi. (»Das bist Du.«)

Wir sehen auf das harmlosere Verhältnis früherer Generation zur Natur manchmal mit Wehmut, ja mit Neid, aber wir wollen unsere Zeit nicht ernster nehmen als sie es verdient, und wir wollen uns nicht etwa darüber beklagen, daß das Beschreiten der einfachsten Wege zur Weisheit an unseren Hochschulen nicht gelehrt wird, ja daß dort statt des Erstaunens vielmehr das Gegenteil gelehrt wird: das Zählen und Messen statt des Entzückens, die Nüchternheit statt der Bezauberung, das starre Festhalten am losgetrennten Einzelnen statt des Angezogensein vom Ganzen und Einen. Diese Hochschulen sind ja nicht Schulen der Weisheit, sie sind Schulen des Wissens; aber stillschweigend setzen sie das von ihnen nicht Lehrbare, das Erlebenkönnen, das Ergriffenseinkönnen, das Goethesche Erstaunen eben doch voraus, und ihre besten Geister kennen kein edleres Ziel, als wieder Stufe zu eben solchen Erscheinungen wie Goethe und andere echte Weise zu sein.

Die Schmetterlinge sind gleich den Blumen für viele Menschen ein sehr bevorzugtes Stückchen Schöpfung, ein besonders geschätztes und wirksames Objekt jenes Erstaunens, ein besonders lieblicher Anlaß zum Erlebnis, zum Ahnen des großen Wunders, zur Verehrung des Lebens. Sie scheinen, gleich den Blumen, recht eigens als Zierde, als Schmuck und Juwel, als kleine funkelnde Kunstwerke und Loblieder von höchst freundlichen, anmutigen und witzigen Genien erfunden und mit zärtlicher Schöpferwollust ausgedacht worden zu sein. Man muß schon blind oder aber sehr verhärtet sein, um beim Anblick der Schmetterlinge nicht eine Freude, einen Rest von Kinderentzücken, einen Hauch des Goetheschen Erstaunens zu empfinden. Und das hat gewiß gute Gründe. Denn der Schmetterling ist ja etwas Besonderes, er ist ja nicht ein Tier wie alle anderen, er ist eigentlich überhaupt nicht ein Tier, sondern bloß der letzte, höchste, festlichste und zugleich lebenswichtigste Zustand eines Tieres. Er ist die festliche, die hochzeitliche, zugleich schöpferische und sterbensbereite Form jenes Tieres, das vorher schlafende Puppe, und vor der Puppe gefräßige Raupe war. Der Schmetterling lebt nicht, um zu fressen und alt zu werden, er lebt einzig, um zu lieben und zu zeugen, dazu ist er mit einem unerhört prachtvollen Kleide angetan, mit Flügeln, die viele Male größer sind als der Leib, und die in Schnitt und Farben, in Schuppen und Flaum, in einer höchst mannigfaltigen und raffinierten Sprache das Geheimnis seines Daseins ausdrücken, nur um es intensiver zu leben, um das andere Geschlecht zauberischer und verführerischer zu lokken, das Fest der Fortpflanzung strahlender zu begehen. Diese Bedeutung des Schmetterlings und seiner Prächtigkeit ist zu allen Zeiten von allen Völkern empfunden worden, er ist eine einfache und eindeutige Offenbarung. Und weiter wurde er, weil er ein festlicher Liebender und ein strahlend Verwandelter ist, Sinnbild zugleich der Kurzlebigkeit wie der ewigen Fortdauer, wurde den Menschen schon in früher Zeit zum Gleichnis und Wappentier der Seele.

Nebenbei sei festgestellt: das Wort »Schmetterling« ist weder sehr alt noch ist es vielen deutschen Mundarten gemeinsam gewesen. Man hat dieses merkwürdige Wort, das etwas höchst Lebendiges und Energisches und daneben auch etwas Rohes, ja Unpassendes hat, früher nur in Sachsen und vielleicht in Thüringen gekannt und gebraucht, es ist erst im 18. Jahrhundert in die Schriftsprache eingegangen und allgemein geworden. Süddeutschland und Schweiz haben es vorher nicht gekannt, hier war der älteste und schönste Name für den Schmetterling: Fifalter (auch Zwiespalter), aber weil die

Sprache der Menschen ebenso wie die Sprache und Schrift auf den Falterflügeln nicht ein Werk des Verstandes und der Berechnung, sondern der schaffenden und dichtenden Spielkräfte ist, hat sich die Sprache hier wie bei allen Dingen, die das Volk liebt, nicht mit einem Namen begnügt, sondern ihm mehrere, ja viele gegeben. In der Schweiz wird noch heute der Schmetterling meistens entweder Fifalter oder Vogel (Tagvogel, Nachtvogel) oder Sommervogel genannt.

Wenn schon das ganze Geschlecht der Falter so mannigfache Namen trug (es gibt auch die Namen Butterfliege, Molkendieb und eine Reihe anderer), so kann man sich denken, wie viele, nach den Landschaften und Mundarten wechselnde Namen es erst für die einzelnen Arten der Schmetterlinge gibt – oder bald wird man sagen müssen: gab, denn gleich den einheimischen Blumennamen sterben sie langsam aus, und wären unter den Knaben nicht immer wieder Freunde und Sammler der Falter, so würden diese zum großen Teil wundervollen Namen allmählich ebenso verschwinden wie in vielen Gegenden der Reichtum an Schmetterlingsarten seit der Industrialisierung und seit der Rationalisierung der Landwirtschaft ausgestorben und verschwunden sind.

Und zugunsten der Schmetterlingssammler, der Buben wie der Alten, sei noch ein Weiteres gesagt. Daß die Sammler Falter töten, sie auf Nadeln spießen und präparieren, um sie möglichst schön und möglichst haltbar aufbewahren zu können, das wird seit der Zeit J. J. Rousseaus häufig mit sentimentaler Gebärde als rohe Grausamkeit bezeichnet, und die Literatur zwischen 1750 und 1850 kennt außerdem als komische Pedantenfigur den Mann, der die Falter nur tot und auf Nadeln gespießt genießen und bewundern kann. Das war schon damals zum Teil Unsinn und ist es heute beinahe ganz. Natürlich gibt es, bei den Buben wie bei den Großen, jene Art von Sammlern, welche niemals soweit kommen, die Falter am liebsten in Ruhe zu lassen und sie lebendig in ihrer Freiheit zu belauschen. Aber selbst noch die roheren unter den Faltersammlern tragen dazu bei, daß man die Falter nicht vergißt, daß sich da und dort in manchem Bezirk ihre alten, wunderbaren Namen erhalten, und sie tragen je und je auch dazu bei, daß die lieben Schmetterlinge überhaupt noch bei uns vorhanden sind. Denn so wie die Freude an der Jagd am Ende überall dahin führt, daß man nicht bloß das Jagen, sondern nicht minder das Hegen lernen und üben muß, so haben die Falterjager natürlich als erste erkannt, wie mit dem Ausrotten mancher Pflanzenarten (z. B. der Brennessel) und mit anderen gewaltsamen Eingriffen in den Naturhaushalt einer Gegend der Bestand an Faltern rasch ärmer wird und verkommt. Und zwar nicht so, daß es dann etwa weniger Kohlweißlinge und andere Feinde der Bauern und Gärtner gäbe, sondern es sind die edleren, selteneren und schönsten Arten, die unterliegen und verschwinden, wenn irgendwo in einer Landschaft die Menschen zu heftig ins Organisieren geraten. Der rechte Falterfreund behandelt nicht nur Raupe, Puppe und Eier mit Schonung, er tut auch, was er kann, um in seinem Umkreis möglichst vielerlei Faltern das Leben zu ermöglichen. Ich habe selber, obwohl ich seit vielen Jahren kein Sammler mehr bin, schon gelegentlich Brennesseln gepflanzt.

Jeder Knabe, der eine Schmetterlingssammlung hat, hat auch schon von den viel größeren, viel bunteren, viel prachtvolleren Faltern reden hören, die es in den heißen Ländern, in Indien, in Brasilien, auf Madagaskar gibt. Mancher hat auch solche zu Gesicht bekommen, im Museum oder bei Liebhabern, denn heute kann man solche exotischen Falter, unter Glas auf Watte präpariert (und oft sehr schön präpariert), auch kaufen, und wer sie nicht selber gesehen hat, dem sind doch Abbildungen unter die Augen gekommen. Ich weiß noch, wie sehr ich als junger Mensch mir wünschte, einmal einen gewissen Schmetterling zu sehen, der nach Angabe der Bücher im Monat Mai in Andalusien fliegen soll. Und als ich da und dort bei Freunden und in Museen manche von den großen Prachtfaltern aus den Tropen zu sehen bekam, habe ich jedesmal etwas von dem unsäglichen Entzücken der Kindheit wieder in mir zucken fühlen, etwas von dem atemberaubenden Entzücken, das ich z. B. als Knabe beim ersten Anblick des Falters Apollo empfunden hatte. Und zugleich mit diesem Entzücken, das auch Wehmut enthält, tat ich beim Anblick solcher Wunderfalter oft auch mitten aus meinem gar nicht immer dichterischen Leben jenen Schritt in das Goethesche Erstaunen hinein und erlebte einen Augenblick der Bezauberung, der Andacht und Frömmigkeit.

Und später geschah mir sogar das nie für möglich Gehaltene, daß ich selber über die großen Meere fahren, an heißen fremden Küsten aussteigen, auf großen krokodilbevölkerten Flüssen durch tropische Wälder fahren und tropische Falter lebendig in ihrer Heimat betrachten sollte. Viele Knabenträume erfüllten sich mir da, und es sind manche von ihnen mit der Erfüllung schal geworden. Aber der Falterzauber versagte nicht; dieses Türchen zum Unaussprechlichen, dieser holde und mühelose Weg ins »Erstaunen« hat mich selten im Stich gelassen.

In Penang habe ich zum erstenmal lebendige Tropenfalter fliegen sehen, in Kuala Lumpur habe ich zum erstenmal einige von ihnen gefangen, und auf Sumatra lebte ich eine schöne kurze Zeit am Batang Hari, hörte nachts die wilden Gewitter in den Dschungel krachen und sah am Tage in den Waldlichtungen die fremden Falter schweben, mit ihrem unerhörten Grün und Gold, ihren Edelsteinfarben. Keiner von ihnen ist, wenn ich ihn präpariert auf der Nadel oder unter Glas wiedersah, mehr ganz so erregend herrlich, so märchenhaft gewesen, wie er es draußen gewesen war, zwischen den schweifenden Schatten und Lichtern, wo er noch lebte, wo die Farben der Flügel noch von innen her belebt waren, wo zur Farbe noch die Bewegung kam, der oft so ausdrucksvolle, oft so geheimnisvolle Flug, und wo das Wunder nicht so platt meiner Neugierde preisgegeben war, sondern jägerhaft im Moment erspäht und erlebt werden mußte.

Immerhin ist es erstaunlich, wie gut man Schmetterlinge erhalten kann. Die meisten farbigen Lebewesen, Tiere wie Pflanzen, verlieren auch beim besten Präparieren im Tode das Schönste. Man betrachte einmal, wenn einem das Beispiel von Blumen nicht genügt, etwa das Gefieder eines Vogels, den ein Jäger soeben geschossen hat, und betrachte denselben Vogel einen halben Tag später: Noch immer ist das Blau, das Gelb, das Grün oder Rot vorhanden, aber es ist ein feindlicher Hauch darübergegangen, es fehlt etwas, es schimmert noch, aber strahlt nicht mehr, es ist etwas erloschen und dahin, das nicht wiederkommt. Bei den Faltern und manchen Käfern ist der Unterschied viel geringer, sie lassen sich in ihrer Farbenpracht auch im Tode sehr viel besser erhalten als irgendwelche andere Tiere. Man kann sie sogar sehr lang aufbewahren, Jahrzehnte lang; nur müssen sie außer vor Insekten auch vor Licht und namentlich vor Sonnenlicht geschützt werden.

Auch die malaiischen Völker, in deren Ländern ich damals reiste, hatten ihre Namen für die Schmetterlinge, verschiedene und lauter schöne Namen. Und der Sammelname »Schmetterling« enthielt in seinem Klang jedesmal die lebendige Erinnerung an das zweigeteilte Flügelwesen, wie sie im alten deutschen Wort »Zwiespalter«, in »Fifalter«, im italienischen farfalla usw. überall klingt. Meistens nannten die Malaien den Schmetterling entweder kupu kupu oder lapa lapa – beide Namen klingen wie flatternder Flügelschlag. Dies »lapa lapa« ist etwas ebenso lebendig Schönes, etwas ebenso Ausdrucksvolles und unbewußt Schöpferisches wie das Auge auf dem Flügel eines Pfauenauges oder der auf die rußige Flügel-Rückseite eines einheimischen Falters mit weißer Farbe geschriebene Buchstabe C.

Wer die Tafeln mit den Bildern dieser märchenhaften Falter betrachtet, den möge da und dort und überall das große Erstaunen befallen, die Vorstufe des Erkennens sowohl wie der Ehrfurcht.

(1935)

Der Blütenzweig

Immer hin und wider
Strebt der Blütenzweig im Winde,
Immer auf und nieder
Strebt mein Herz gleich einem Kinde
Zwischen hellen, dunklen Tagen,
Zwischen Wollen und Entsagen.

Bis die Blüten sind verweht
Und der Zweig in Früchten steht,
Bis das Herz, der Kindheit satt,
Seine Ruhe hat
Und bekennt: voll Lust und nicht vergebens
War das unruhvolle Spiel des Lebens.

Erlebnis auf einer Alp

Ich stieg am Nachmittag zur heißesten Zeit den steilen kleinen Weg bergan, der nach Amalek führt. So nenne ich eine etwa 150 Meter über unserm Hotel liegende Wiesenmulde, halbrund in den dichten Fichtenwald geschmiegt, wo neulich einige Tage lang ein Zeltlager stand, dessen helle heitere Zeltreihen mich an ein Heerlager der Amalekiter oder Philister in der Schnorrschen Bilderbibel erinnerten. Dort in der Nähe des Amalekiterlagers sind einige meiner Lieblingsplätze zum Ruhen, zum Zeichnen oder Schreiben. Es war etwas schwül, über den Schneebergen waren ruhige massive Wolkengebirge gelagert und getürmt, oben im Zenit durchs dünne lichte Blau große Scharen von gewichtlosen, launisch gruppierten Federwölkchen, bald ruhend, bald sanft und stetig in einem unten nicht fühlbaren Winde gegen Osten unterwegs.

Ich suchte und fand einen Platz, der mir paßte, gar nicht weit von den Lagern anderer Müßiggänger, die hier, zwischen Schatten und Sonne wechselnd, ihren Nachmittag an den Waldrändern verliegen, schlafend, lesend, plaudernd, viele von ihnen halb oder ganz nackt. Die rasch aufeinanderfolgenden, eine von der andern aus schon nicht mehr sichtbaren Stufen des steilen Hanges und die immer wieder vortretenden Kulissen der Waldränder ermöglichen es, daß auf kleinem Raume ziemlich viele

Menschen und Gruppen lagern können, ohne einander zu stören, ja ohne voneinander zu wissen. So war ich in meiner Mulde zwischen ein paar kleinen Felsstücken, auf Rasen und Heidekraut liegend oder sitzend, ganz allein und hatte den Waldschatten, den Wiesenhang, den Blick auf die paar Hütten unter mir, auf das dunstige Lauterbrunner Tal und den ungeheuren Luftraum bis zum Firn und Eis der großen Berge ganz für mich.

Nach einer Pause, der Rast und der Abkühlung gewidmet, klappte ich gemächlich die kleine Mappe auf, die mich auf solche Gänge begleitet; es ist der leinene Einbanddeckel des Rudolf Mosseschen Zeitungskataloges vom Jahr 1910, der mir über die Jahrzehnte hinweg treu geblieben ist und noch nicht einmal sehr mitgenommen aussieht. Ich nahm die Füllfeder aus der Tasche, schlug den kleinen Papierblock auf und begann zu zeichnen: ein Mäuerchen und dahinter eine Berner Balkenhütte, überragt von zwei Ahornen, dahinter die steile Wand zu Füßen des Männlichen, mit dem scharfen zackigen Grat oben, und wieder hinter diesem Grat den Umriß der Jungfrau, dessen Linie aber über mein Papier hinausführen würde und nur angedeutet wird.
Während ich mich wieder ausstreckte, um von der Spielerei auszuruhen, denn die Augen brannten, wurden viele jugendliche Stimmen laut, und unter

mir tauchte eine Schar Knaben auf, eine Schule oder Schulklasse, mit Rucksäcken, Berndeutsch redend, Buben von etwa vierzehn bis sechzehn Jahren nach meiner Schätzung. Sie waren erhitzt und verstrubelt und hatten keine Eile, und die paar letzten von ihnen blieben gerade eine Stufe über mir stehen, wischten sich die Stirnen mit farbigen Sacktüchern ab; einige setzten sich für einen Augenblick ins kurze Gras. Im Aufatmen und Zurückblicken auf die große Weite waren sie unversehens ganz still geworden, und jetzt, nach einer Pause, fing einer von ihnen aus dem Gedächtnis Verse aufzusagen an, stockend und suchend; aber er brachte sie richtig zusammen, ein kleines Gedicht, und da ich zwei von den Verszeilen nicht nur als rhythmischen Singsang hörte, sondern auch die Worte verstand, merkte ich, daß es ein Gedicht von mir war, ein Gedicht, das von den Wolken handelte und das ich selbst, sein Dichter, aus dem Gedächtnis nicht mehr zusammengebracht hätte. Ein wenig singend und etwas feierlich sprach er die Verse, die ich vor beinahe fünfzig Jahren geschrieben hatte; sie wurden von seinen Kameraden schweigend angehört, und als es nun still wurde und ich mich umwandte, um sie etwa noch zu Gesicht zu bekommen, waren sie den Berg hinan verschwunden. – So waren meine Verse, beinah ein halbes Jahrhundert nach ihrer Entstehung, durch den Mund des unbekannten Knaben zu mir zurückgekehrt. *(1947)*

[Bilderhandschriften]

Einigemale im Jahr kommt es vor, daß jemand bei mir anfragt, ob noch eines von den mit Bildchen geschmückten Gedichtmanuskripten zu haben sei, die ich den Liebhabern zur Verfügung halte und deren Ertrag mir einen Teil der Ausgaben für alle die Pakete und Unterstützungen in die Länder des Elends und Hungers decken müssen. Eine solche Anfrage kam dieser Tage, nach einer Pause von vielen Monaten, einmal wieder und setzte mich in Arbeit und Brot. Ich halte, wenn irgend möglich, stets ein solches Manuskript oder zwei vorrätig, und hat eines einen Liebhaber gefunden, so suche ich es möglichst bald zu ersetzen. Dies ist von allen Arbeiten, die ich je getan habe, mir eine der liebsten, und sie geht etwa folgendermaßen vor sich:

Zuerst öffne ich den Papierschrank in meinem Atelier. Ich besitze ihn seit dem Bau meines jetzigen Hauses, er enthält eine Reihe sehr breiter tiefer Zugfächer für Papierbogen. Der Schrank und das viele, zum Teil edle und alte, heute meist nicht mehr zu beschaffende Papier ist einer jener Wunscherfüllungen nach dem Spruch: »Was man in der Jugend wünscht, hat man im Alter die Fülle.« Als kleiner Knabe habe ich zu Weihnacht und Geburtstag mir jedesmal Papier gewünscht, als etwa Achtjähriger tat ich es auf dem Wunschzettel mit den Worten:

»Ein Bogen Papier so groß wie das Spalentor.«*

Später habe ich immer wieder Gelegenheiten zum Erwerb schöner Papiere benützt, oft habe ich sie gegen Bücher oder gegen Aquarelle eingetauscht, und seit der Schrank existiert, bin ich Besitzer von weit mehr Papier als ich je werde verbrauchen können. Ich öffne den Schrank und gehe ans Auswählen eines Papieres, manchmal locken mich die glatten, manchmal die rauhen, manchmal die edlen Aquarellpapiere, ein andermal die einfacheren Druckpapiere. Diesmal bekam ich beim Suchen Lust auf ein sehr einfaches, leicht gelbliches Papier, von dem ich noch wenige gesparte Bogen pietätvoll bewahre. Es ist das Papier, auf das einst eines meiner liebsten Bücher, die »Wanderung«, gedruckt wurde. Die noch vorhandenen Vorräte dieses Buches wurden durch amerikanische Bomben vernichtet, seither existiert es nicht mehr, ich habe jedes in Antiquariaten auftauchende Exemplar jahrelang zu jedem Preise gekauft, und heute gehört es zu den wenigen Wünschen, die ich noch habe, daß ich sein Wiedererscheinen noch erleben möge. Dies Papier ist nicht kostbar, aber es hat eine besondere, ganz schwach saugende Porösität, die den darauf gesetzten Wasserfarben etwas leicht Verbleichtes, Altes gibt. Es hatte, wie ich mich erinnerte, auch seine Gefahren, doch wußte ich nicht mehr welche es seien, und mich von ihnen überraschen und auf die Probe stellen zu lassen, dazu war ich gerade

aufgelegt. Ich nahm die Bogen heraus, schnitt mit dem Papierfalzer das erwünschte Format zurecht, suchte ein passendes Stück Karton als Schutzmappe dazu, und begann meine Arbeit. Ich male stets zuerst das Titelblatt und die Bilder, noch ohne Rücksicht auf die Texte, die ich später erst auswähle. Die ersten fünf, sechs Bilder, kleine Landschaften oder einen Blumenkranz, zeichne und male ich auswendig nach vertrauten Motiven, für die folgenden suche ich anregende Vorlagen aus meinen Mappen zusammen.
Ich zeichne mit Sepia einen kleinen See, ein paar Berge, auch eine Wolke in den Himmel, baue im Vordergrund am Hügelhang ein kleines Spieldorf auf, gebe dem Himmel etwas Kobalt, dem See einen Schimmer Preußischblau, dem Dorf etwas Goldocker oder Neapelgelb, alles ganz dünn, und freue mich darüber, wie das sanft saugende Papier die Farben dämpft und zusammenhält. Ich wische mit feuchtem Finger den Himmel etwas blasser und unterhalte mich mit meiner naiven kleinen Palette aufs beste, lang habe ich das Spiel nicht mehr geübt. Es geht ja allerdings nicht mehr wie einst, ich ermüde viel rascher, die Kraft reicht nur für wenige Blätter am Tag. Aber noch immer ist es hübsch und macht mir Spaß, eine Handvoll weißer Blätter in eine Bilderhandschrift zu verwandeln und zu wissen, daß die Handschrift sich weiter verwandeln wird, in Geld zunächst, dann aber in Pakete mit

Kaffee, mit Reis, mit Zucker und Öl und Schokolade, und des weitern zu wissen, daß damit ein Strahl von Ermunterung, von Trost und neuer Kraft in teuren Menschen entzündet wird, ein Jubelgeschrei bei Kindern, ein Lächeln bei Kranken und Alten, und auch da und dort ein Schimmer von Glauben und Vertrauen in übermüdeten und mutlos gewordenen Herzen …

Es ist ein hübsches Spiel, und ich mache mir kein Gewissen daraus, daß diesen kleinen Malereien ein künstlerischer Wert nicht innewohnt. Als ich einst die allerersten dieser Heftchen und Mäppchen machte, waren sie noch viel unbeholfener und kunstloser als heute, es war während des ersten Weltkrieges, und ich machte sie auf den Rat eines Freundes, damals zu Gunsten der Kriegsgefangenen, es ist lange her, und später kamen Jahre, in denen ich über einen Auftrag froh war, weil ich selber es nötig hatte. Heute nun sind es nicht mehr, wie vor Jahrzehnten, Bibliotheken für Kriegsgefangene, in die ich meine Handarbeiten verwandle. Die Leute, in deren Dienst ich heute meine kleinen Handarbeiten herstelle, sind nicht anonyme Unbekannte, ich gebe die Erträge meiner Arbeit auch nicht einem Roten Kreuz oder dieser oder jener Organisation, ich bin mit den Jahren und Jahrzehnten immer mehr ein Liebhaber des Individuellen

* Torturm in Basel, wo die Familie Hesse von 1881 bis 1886 gelebt hatte.

und Differenzierten geworden, entgegen allen Tendenzen unsrer Zeit. Und möglicherweise bin ich damit nicht nur ein wunderlicher Eigenbrötler, sondern habe objektiv recht. Zum mindesten kann ich feststellen, daß mir das Betreuen einer kleinen Zahl von Menschen, die ich zwar nicht alle persönlich kenne, deren jeder aber mir etwas bedeutet, deren jeder seinen eigenen, einmaligen Wert und sein besonderes Schicksal hat, viel mehr Freude macht und mir im Herzen richtiger und notwendiger scheint, als die Fürsorge und Wohltätigkeit, die ich einst als Rad in einer großen Fürsorge-Maschinerie mitbetreiben half. Auch heute stellt jeder Tag an mich die Forderung, mich der Welt anzupassen und, wie die meisten es tun, mich all der aktuellen Aufgaben mit Hilfe von Routine und Mechanisierung zu entledigen, mit Hilfe eines Apparats, einer Sekretärin, einer Methode. Vielleicht sollte ich die Zähne zusammenbeißen und es noch auf meine alten Tage erlernen? Aber nein, es wäre mir nicht geheuer dabei, und alle jene vielen, deren Not ihre Wellen bis auf meinen überhäuften Schreibtisch spült, wenden sich ja an einen Menschen, nicht an einen Apparat. Bleibe jeder bei dem, was sich ihm bewährt hat!

(1949)

Nachts im April notiert

O daß es Farben gibt:
Blau, Gelb, Weiß, Rot und Grün!

O daß es Töne gibt:
Sopran, Baß, Horn, Oboe!

O daß es Sprache gibt:
Vokabeln, Verse, Reime,
Zärtlichkeiten des Anklangs,
Marsch und Tänze der Syntax!

Wer ihre Spiele spielte,
Wer ihre Zauber schmeckte,
Ihm blüht die Welt,
Ihm lacht sie und weist ihm
Ihr Herz, ihren Sinn.

Was du liebtest und erstrebtest,
Was du träumtest und erlebtest,
Ist dir noch gewiß.
Ob es Wonne oder Leid war?
Gis und As, Es oder Dis –
Sind dem Ohr sie unterscheidbar?

[Verzauberung]

Ein Blatt aus dem Tagebuch

1. Juli. – Es ist heißer Sommer geworden, mit häufigen heftigen Gewittern, etwas launisch und wetterwendisch, aber kräftig und wüchsig, das Laub und die Kastanienblüte von gewaltiger Fülle und Üppigkeit, die Beeren überreich wie seit Jahren nicht. Ich habe das Haus verlassen, um die Augen auszuruhen und eine Weile im Freien zu sein, und stehe unten im Garten bei meinem Feuerplatz nahe der Hecke, der Fußweg liegt eine Strecke weit schwarz voll großer gefallener Maulbeeren. Ich schichte meinen Köhlermeiler zurecht, es ist viel Papier zu verbrennen, und ich meide das Haus mit etwas schlechtem Gewissen, denn es herrscht dort festliche Bedrängnis, morgen ist Geburtstag, und begonnen hat er schon vor Tagen mit Briefen in großer Zahl, Drucksachen, Bücherpaketen, und auch manche Freundesgaben sind schon angekommen [...]

Ich habe mein Feuer angezündet und bin mit einem hohen Haufen noch halbgrüner Äste und Zweige beschäftigt, sie sind Überbleibsel der letzten schweren Gewitterstürme und hauptsächlich des großen Mordes, der im Frühling auf Verordnung des Forstamtes an meinem Wald begangen worden ist, es liegen da und dort noch große Stapel von

Ästen und Rindenriemen, Stoff für Hunderte von Feuern. Ich zerkleinere, was heut verbrannt werden soll, und scheide die stärkeren Stücke für den Wintervorrat aus. Ich knicke und breche die Zweige, vergesse allmählich die oben wartende festliche Post, die uns ohnehin für lange Zeit zu tun geben wird, und an Stelle der gewissen Bangigkeit vor all dieser Arbeit kommt ein eher fröhliches Gefühl in mir auf, Anklang an die gespannt erwartungsvolle Festvorfreude jener Geburtstage der Knabenzeit, als dieser Tag noch keine Briefe brachte und die Geschenke aus einem Knäuel Angelschnur, ein paar Bogen Schreibpapier und einem Glastöpfchen voll Honig aus Onkel Friedrichs »Gütle« bestanden. Das lag und stand auf einem kleinen Tischchen, dazu ein runder Kirschkuchen mit so vielen brennenden Kerzen, als meinem Alter zustanden, und vor das Tischchen führte mich die Mutter an der Hand, und wir alle sangen das Geburtstagslied, in das auch der Papagei Polly oboenhafte Jubeltöne mischte. So etwas noch einmal zu erleben, würde einem das alte Herz sprengen.

Doch hat die Freude und haben die Wunder nicht aufgehört. Während ich stand und Holz brach und mit den lang gestorbenen Lieben Gemeinschaft hatte, kam wie ein goldener Blitz aus blauem Sommermorgenhimmel etwas Fremdes geschossen, hell gelbgrün leuchtend, schwirrte an meinem Kopf vorbei, war im Weißdorn verschwunden, kam aber

alsbald wieder hervorgeflogen und setzte sich zu meinen Füßen in die Zweige und war ein Papagei, ein Sittich, ein irgendwoher entkommener und mir zugeflogener Fremdling aus schöneren Welten.
»Ja, wo kommst denn du her?« fragte ich ihn, und es war ein Glück, daß ich aus jenen Jugendtagen her die Papageiensprache konnte. Der schöne leuchtende Vogel verstand mich zwar nur halb, denn ich sprach die Sprache Pollys, der ein grauer rotschwänziger, sprachbegabter und weiser Afrikaner und mehr als zwanzig Jahre unser lieber Hausgenosse gewesen war; aber war es auch nicht ganz die Mundart der grüngelben Sittiche, so war es doch Papageiisch, was ich redete, und so hob der Fremdling sein Köpfchen mir entgegen und blickte mich fragend an, und als ich mich bückte und das Gespräch aus nächster Nähe fortführte, blickte und nickte er ohne Scheu und funkelte mit den kleinen Augen, hörte artig meine Begrüßungen und Fragen an und zwitscherte mir allerlei kurze »staccato« gesprochene Antworten zu. Er begann auf der Erde nach Futter zu suchen, kam auch dem Feuer ganz nahe und schien den Rauch nicht als lästig zu empfinden, aber die paar feisten blanken Maulbeeren, die ich für ihn pflückte und ihm dicht vor den Schnabel legte, ließ er unbeachtet liegen. Ich nahm nun, in meiner Köhlerarbeit fortfahrend, einen langen Kastanienzweig in die Hand und wollte auch ihn zerkleinern und dem Feuer opfern, da flog

Freund Sittich auf, schwang sich in die Luft und saß alsbald auf der Spitze meines Zweiges, schaute lustig auf mich herab und hatte nichts dagegen, als ich den Zweig sachte auf und ab bewegte. Ich habe seit vielen Jahren an diesem Platz, zu allen Zeiten des Jahres und des Tages unendlich vieles beobachtet und erlebt, Besuche von Amseln, ein paarmal von Igeln oder Schlangen und einmal den Besuch einer dicken schweren Schildkröte, aber etwas so Holdes, märchenhaft Unwahrscheinliches und doch so Vertrauliches war mir da noch nie begegnet wie diese vielleicht zehn Minuten währende Visite aus dem Urwald ferner Zonen, dem Urwald ferner, vogelsprachekundiger Kindheit – oder war es der Wald des Piktorparadieses, der mir den blitzenden lustigen Vogel herübergeschickt hatte? Noch ein paarmal ließ Herr Sittich sich von mir sanft auf unsrem Zweige wiegen, dann war er des Spaßes satt und entflog, in die Hecke erst, dann auf die Birke, dann fort und davon.

Was mir bei diesem Abenteuer und nachher an Erinnerungen, Anklängen, Gedanken und Phantasien durch den Kopf ging, das aufzuschreiben würde Tage und Tage fordern. Es ist nicht möglich und ist auch nicht nötig. Allmählich kehrte ich aus der Verzauberung zurück, lang nach der Abreise des gelbgrünen Exoten, und es fiel mir wieder ein, was alles oben im Haus auf mich warte. Ich packte zusammen, die Zappetta, das Aschensieb, die Gartenschere, nahm die Gerla auf den Rücken und stieg langsam den heißen Hang an den Rebenreihen vorbei nach oben. Auf der Terrasse beim Atelier stellte ich meine Sachen ab und langte nach dem Türgriff. Aber noch hatte dieser traumhaft-festliche Morgen seine Zauber nicht erschöpft.

Es wächst an einem der Granitpfeiler dieser Terrasse ein hoher Rosenstamm empor, seine diesjährige Blüte ist längst vorbei, zu seinen Füßen steht eine kleine üppige Wildnis von Montbretien und etwas zu alt gewordenen Türkenbundlilien, die wohl etwa in einer Woche die ersten Blüten haben werden. Aus diesem grünen Laubwinkel sah ich, vom starken Licht geblendet, etwas Dunkles emporschweben, lautlos und schattenhaft. Es war kein Vogel, es war ein Schmetterling, und zwar der hier sehr selten gewordene Trauermantel, den ich seit wohl drei, vier Jahren nie mehr zu Gesicht bekommen hatte. Es war ein großes, schönes, noch nicht lange ausgeschlüpftes Tier. Dunkel flatterte es mir um die Augen, schwebte von mir weg und wieder zu mir zurück, beroch mich, umflog mich und ließ sich auf meiner linken Hand nieder. Da blieb der Falter sitzen, legte die Flügel zusammen, deren untere Seiten so trübe Ruß- und Aschenfarben haben, breitete sie wieder aus und zeigte das tiefe samtene Braunviolett mit den neapelgelben Randstreifen und der köstlichen Reihe blauer Punkte, die so edel und diskret zwischen dem lichten Rande und der mit Caput mortuum wiederzugebenden Dunkelheit steht. Langsam, im Rhythmus ruhiger Atemzüge, schloß und öffnete der Schöne seine Sammetflügel, hielt sich mit sechs haardünnen Beinchen an meinem Handrücken fest und entschwebte nach einer kurzen Weile, ohne daß ich das Loslassen spürte, in die große heiße Helligkeit hinaus.

(1955)

Kleiner Gesang

Regenbogengedicht,
Zauber aus sterbendem Licht,
Glück wie Musik zerronnen,
Schmerz im Madonnengesicht,
Daseins bittere Wonnen ...

Blüten vom Sturm gefegt,
Kränze auf Gräber gelegt,
Heiterkeit, ohne Dauer,
Stern, der ins Dunkel fällt:
Schleier von Schönheit und Trauer
Über dem Abgrund der Welt.

Gedanken über das Glück in Hermann Hesses Briefen und Schriften

Das Glück ist ein Wie, kein Was, ein Talent, kein Objekt.

(Aus »Gesammelte Briefe«, Bd. 1, S. 84)

Das Glück, mein Freund, ist überall, in Berg und Tal, in Blume und Kristall.

(Aus »Die Märchen«, S.207)

Schönheit beglückt nicht den, der sie besitzt, sondern den, der sie lieben und anbeten kann.

(Aus »Kleine Freuden«, S. 132)

Mir schiene für sehr viele schwer seelenkranke Menschen der rasche Verlust ihres Vermögens und die Erschütterung ihres Glaubens an die Heiligkeit des Geldes durchaus kein Unglück, sondern die sicherste, ja die einzig mögliche Rettung zu bedeuten, und ebenso scheint mir inmitten unseres heutigen Lebens, im Gegensatz zum alleinigen Kultus der Arbeit und des Geldes der Sinn für das Spiel des Augenblicks, das Offenstehen für den Zufall, etwas durchaus Wünschenswertes, woran wir alle sehr Mangel leiden.

(Aus »Kurgast«, GW 7, S. 83)

Dem Mangel unseres Sinnes für Rentabilität und Unternehmerlust entspricht bei unseren Antipoden, den Unternehmern und Rentablen, der Mangel einer seelischen Dimension. Unsere romantisch-poetische Infantilität ist nicht infantiler als die kinderstolze Zuversicht des welterobernden Ingenieurs, der an seinen Rechenschieber glaubt wie wir an unsern Gott und der in Zorn oder Angst gerät, wenn die Unbedingtheit seiner Weltregeln durch Einstein erschüttert wird. Wir Romantiker und Sentimentalen, als die wir von der großstädtischen Literatur meist verspottet werden, wir sind ja nicht alle bloß dumme Fanatiker, die wegen eines zum Fall verurteilten alten Gemäuers die Öffentlichkeit bemühen und die Heimatschutzgarden mobilisieren, manche von uns sind nahezu ebenso so klug wie mancher von der Rentabilitätspartei und sind im Herzen vielleicht zukunftsgläubiger und nach der Zukunft begieriger als viele von den Frommen des Fortschritts.

(Aus »Bilderbuch«, GW 6, S. 328)

Glück gibt es nur, wenn wir vom Morgen nichts verlangen und vom Heute dankbar annehmen, was es bringt, – die Zauberstunde kommt doch immer wieder.

(Aus einem unveröffentlichten Brief, 1922)

Das ist das Herrliche an jeder Freude, daß sie unverdient kommt und niemals käuflich ist.

(Aus »Bilderbuch«, GW 6, S. 194)

Über dem ängstlichen Gedanken, was uns etwa morgen zustoßen könnte, verlieren wir das Heute, die Gegenwart und damit die Wirklichkeit. Geben Sie dem Heute, dem Tag, der Stunde, dem Augenblick sein Recht!

(Aus einem unveröffentlichten Brief, Dreißiger Jahre)

Der Kairos ist die gute Stunde oder die rechte Zeit, oder der glückliche Augenblick. Damit ein Werk oder Werkchen entstehe, bedarf es des Kairos, nicht der Absicht, noch weniger eines fremden Auftrags.

(Aus »Gesammelte Briefe«, Bd. 4, S. 188)

Glück hat weder mit Ratio noch mit Moral etwas zu tun, es ist etwas seinem Wesen nach etwas Magisches, einer frühen, jugendlichen Menschheitsstufe Zugehörendes. Der naive Glückliche, der von den Feen Beschenkte, von den Göttern Verwöhnte, ist kein Gegenstand für die rationale Betrachtung, er ist Symbol und steht jenseits des Persönlichen und des Geschichtlichen. Dennoch gibt es hervorragende Menschen, aus deren Leben das ›Glück‹ nicht wegzudenken ist, bestehe es auch nur darin, daß sie und die ihnen gemäße Aufgabe tatsächlich geschichtlich und biographisch einander finden und treffen, daß sie nicht zu früh und nicht zu spät geboren wurden.

(Aus »Das Glasperlenspiel«, GW 9, S. 205)

Mein Glück bestand aus dem gleichen Geheimnis wie das Glück der Träume, es bestand aus der Freiheit, alles irgend Erdenkliche gleichzeitig zu erleben, Außen und Innen spielend zu vertauschen, Zeit und Raum wie Kulissen zu verschieben.

(Aus »Die Morgenlandfahrt«, GW 8, S. 338)

Von allem, was der Mensch begehrte, war er immer nur durch Zeit getrennt, durch Zeit, diese tolle Erfindung. Sie war eine der Stützen, eine der Krükken, die man vor allem fahren lassen mußte, wenn man frei werden wollte.

(Aus »Klein und Wagner«, GW 5, S. 291)

Es gibt in der tiefen Meditation die Möglichkeit, die Zeit aufzuheben, alles gewesene, seiende und sein werdende Leben als gleichzeitig zu sehen, und da ist alles gut, alles vollkommen, alles ist Brahman. Darum scheint mir das, was ist, gut; es scheint mir Tod wie Leben, Sünde wie Heiligkeit, Klugheit wie Torheit, alles muß so sein, alles bedarf nur meiner Zustimmung, nur meiner Willigkeit, meines liebenden Einverständnisses, so ist es für mich gut, kann mir nie schaden. Ich habe an meinem Leibe und all meiner Seele erfahren, daß ich der Sünde sehr bedurfte, ich bedurfte der Wollust, des Strebens nach Gütern, der Eitelkeit und bedurfte der schmählichsten Verzweiflung, um das Widerstreben aufgeben zu lernen, um die Welt lieben zu lernen, um sie nicht mehr mit irgendeiner von mir gewünschten, von mir eingebildeten Welt zu vergleichen, einer von mir ausgedachten Art der Vollkommenheit, sondern sie zu lassen, wie sie ist, und sie zu lieben und ihr gerne anzugehören.

(Aus »Siddhartha«, GW 5, S. 4)

Das Innerste in uns begehrt Glück, begehrt einen wohltuenden Zusammenklang mit dem, was außer uns ist. Dieser Klang wird gestört, sobald unser Verhältnis zu irgendeinem Ding ein andres ist als Liebe. Es gibt keine Pflicht des Liebens, es gibt nur eine Pflicht des Glücklichseins. Dazu allein sind wir auf der Welt. Und mit aller Pflicht und aller Moral und allen Geboten macht man einander selten glücklich, weil man sich selbst damit nicht glücklich macht. Wenn der Mensch »gut« sein kann, so kann er es nur, wenn er glücklich ist, wenn er Harmonie in sich hat. Also wenn er liebt.

(Aus »Kleine Freuden«, S. 133)

Glück ist Liebe, nichts anderes. Wer lieben kann, ist glücklich. !

(Aus »Kleine Freuden«, S. 132)

Sich wegwerfen können für einen Augenblick, Jahre opfern können für das Lächeln einer Frau, das ist Glück.

(Aus »Eine Fußreise im Herbst«, GW 2 S. 246)

Mit aller Pflicht und aller Moral und allen Geboten macht man einander selten glücklich, weil man sich selbst damit nicht glücklich macht. Wenn der Mensch ›gut‹ sein kann, kann er es nur, wenn er glücklich ist.

(Aus »Kleine Freuden«, S. 133)

Daß ich den mir wichtigen Kreis der Dinge dauernd im Blickfeld meines Bewußtseins habe, ist nicht entscheidend für den Wert und die Steigerung meines Ich, sondern nur das, daß ich zwischen dem Bezirk des Bewußtseins und des Unterbewußten gute, leichte, flüssige Beziehungen habe. Wir sind nicht Denkmaschinen, sondern Organismen.

(Aus »Kleine Freuden«, S. 141)

Wenn man Freude an einer produktiven Arbeit hat, dann lebt man aus dem Vollen, auch wenn es einem sonst mäßig geht.

(Aus einem unveröffentlichten Brief vom 10. 1. 1929)

Der Mensch ist voll Verlangen nach Glück und erträgt doch das Glück nicht lange Zeit. So ist es im Leben des Einzelnen, das Glück macht ihn müde, macht ihn träg, nach einiger Dauer ist es überhaupt kein Glück mehr! Es ist eine schöne, liebenswerte, aber sehr verwelkliche Blume, das Glück.

(Aus »Politik des Gewissens«, S. 733)

Das Schöne zieht einen Teil seines Zaubers aus der Vergänglichkeit.

(Aus »Musik«, S. 108)

Das Paradies pflegt sich erst dann als Paradies zu erkennen zu geben, wenn wir aus ihm vertrieben sind.

(Aus »Gedenkblätter«, S. 153)

Wenn aus bedecktem Himmel ein Sonnenstrahl in eine trübe Gasse fällt, so ist es einerlei, was er trifft: die Flaschenscherbe am Boden, das zerfetzte Plakat an der Wand oder den blonden Flachs eines Kinderkopfes: er bringt Licht, er bringt Zauber, er verwandelt und verklärt.

(Aus »Schriften zur Literatur«, GW 12, S. 505)

Den Glauben, daß uns kein Glück oder Unglück geschieht, dem wir nicht einen Sinn und eine Wendung ins Wertvolle geben können, den habe ich heute wie immer und gebe ihn weder für mich noch für andre auf

(Aus einem unveröffentlichten Brief vom 21. 2. 1930)

Unglück wird zu Glück, indem man es bejaht.

(Aus »Schriften zur Literatur«, GW 12, S. 342)

Wir müssen uns viel quälen und viel Bitteres ausfressen, bis wir mürb und still werden ... Eine Rakete hat's schöner, die macht Pfff und ist weg, wenn's grad am schönsten war.

(Aus einem unveröffentlichten Brief vom 25. 4. 1916)

Es darf nicht jeder die Welt nur daraufhin ansehen, was im Augenblick und bei genauester Prüfung sich als wertvoll und wichtig erweist, vielmehr ist die reine Kunst des Genießens, des ruhigen Anschauens und Geltenlassens ein Gut, das uns kein noch so kühner und feiner Intellektueller rauben darf, sonst zerstört er mehr Kultur, als aller Verstand der Welt wieder geben kann.

(Aus »Italien«, S. 350)

Die Kraft des Genießens und die des Erinnerns sind voneinander abhängig. Genießen heißt einer Frucht ohne Rest ihre Süßigkeit entpressen. Und Erinnerung heißt die Kunst, einmal Genossenes nicht nur festzuhalten, sondern immer reiner auszuformen.

(Aus »Bilderbuch«, GW 6, S. 185)

Die Tiefe ist im Klaren und Heiteren.

(Aus »Das Glasperlenspiel«, GW 9, S. 345)

Heiterkeit ist weder Tändelei, noch Selbstgefälligkeit, sie ist höchste Erkenntnis und Liebe, ist Bejahen aller Wirklichkeit, Wachsein am Rand aller Tiefen und Abgründe. Sie ist das Geheimnis des Schönen und die eigentliche Substanz jeder Kunst.

(Aus »Das Glasperlenspiel«, GW 9, S. 347)

Das Schöne ist eine der Erscheinungsformen der Wahrheit.

(Aus »Ausgewählte Briefe«, S. 363)

Glück kann man nur besitzen, solange man es nicht sieht.

(Aus »Gedenkblätter«, GW 10, S. 206)

Unser Leben ist ein nie unterbrochenes Gewebe von Auf und Ab, Niedergang und Neubildung, Verfall und Auferstehung, und so stehen all den düsteren und kläglichen Zeichen eines Zerfalls unserer Kultur andere, hellere Zeichen gegenüber, die auf ein neues Erwachen des metaphysischen Bedürfnisses, auf die Bildung einer neuen Geistigkeit, auf ein leidenschaftliches Bemühen um eine neue Sinngebung für unser Leben deuten.

(Aus »Kleine Freuden«, S. 183)

Kostet das Glück der Hingabe, das Glück der Bedürfnislosigkeit, das Glück hilfsbereiter Zusammenarbeit! Kein andrer Weg führt euch so rasch und so sicher in das Wissen von der Einheit und Heiligkeit des Lebens! Kein andrer Weg auch führt euch so sicher zum Ziel aller Lebenskunst, zur freudigen Überwindung des Egoismus – nicht durch Verzicht auf Persönlichkeit, sondern durch deren höchste Entwicklung.

(Aus »Politik des Gewissens«, S. 409)

Phantasie ist die Mutter der Zufriedenheit, des Humors, der Lebenskunst. Phantasie gedeiht nur auf dem Grunde eines innigen Einverständnisses zwischen dem Menschen und seiner sachlichen Umgebung. Diese Umgebung braucht nicht schön, nicht eigentümlich, nicht reizend zu sein. Wir müssen nur Zeit haben, mit ihr zu verwachsen, und daran fehlt es heute überall.

(Aus »Lektüre für Minuten«, S. 112)

Das Verlangen nach dem ›Glück‹ der Rohen und der Dummen ist vielleicht gar nicht ein Stigma der Berufenen. Vielleicht hat jeder Mensch, wenn auch nicht jeder mit gleicher Bewußtheit, Neid in sich auf das ›Glück‹ dessen, den er eine Stufe unter oder über sich sieht. Vielleicht beneidet jedes Leben das andre, und scheint jedem Leben das eigne Schicksal schwerer als jedes andre.

(Aus »Ausgewählte Briefe«, S. 86)

Wenn jemand sucht, dann geschieht es leicht, daß sein Auge nur noch das Ding sieht, das er sucht, daß er nichts zu finden, nichts in sich einzulassen vermag, weil er nur immer an das Gesuchte denkt, weil er ein Ziel hat, weil er vom Ziel besessen ist. Suchen heißt: ein Ziel haben. Finden aber heißt: frei sein, offen stehen, kein Ziel haben.

(Aus »Siddhartha«, GW 5, S. 460f.)

Ich bin auch hierin ein unmoderner Mensch, daß ich Gefühle und Sentimentalitäten nicht wegwerfe und hasse, sondern mich frage: Womit leben wir denn eigentlich, wo spüren wir das Leben, wenn nicht in unseren Gefühlen? Was hilft mir ein voller Geldsack, ein gutes Bankkonto, eine flotte Bügelfalte und ein hübsches Mädchen, wenn ich dabei nichts fühle, wenn meine Seele sich nicht rührt? Nein, so sehr ich Sentimentalitäten an anderen hassen kann, an mir selbst liebe und verwöhne ich sie eher ein wenig. Das Gefühl, die Zartheit und leichte Erregbarkeit der seelischen Schwingungen, das ist ja meine Mitgift, daraus muß ich mein Leben bestreiten. Wäre ich auf meine Muskelkraft angewiesen und ein Ringer oder Boxer geworden, so würde kein Mensch von mir verlangen, ich solle Muskelkraft für etwas Untergeordnetes ansehen. Wäre ich stark im Kopfrechnen und wäre Leiter eines großen Büros, so würde kein Mensch mir zumuten, die Stärke im Kopfrechnen als eine Minderwertigkeit zu verachten. Vom Dichter aber verlangt die jüngste Zeit, und manche junge Dichter verlangen es selber von sich, daß sie gerade das, was den Dichter ausmacht, die Erregbarkeit der Seele, die Fähigkeit, sich zu verlieben, die Fähigkeit zu lieben und zu glühen, sich hinzugeben und in der Welt der Gefühle das Unerhörte und Übernormale zu erleben – daß sie gerade diese ihre Stärke hassen und sich ihrer schämen und sich gegen alles wehren sollen, was ›sentimental‹ heißen könnte. Nun ja, mögen sie es tun; ich mache nicht mit, mir sind meine Gefühle tausendmal lieber als alle Schneidigkeit der Welt, und sie allein haben mich davor bewahrt, in den Kriegsjahren die Sentimentalität der Schneidigen mitzumachen.

(Aus »Die Nürnberger Reise«, GW 7, S. 135)

Wo befreundete Wege zusammenlaufen, da sieht die ganze Welt für eine Stunde wie Heimat aus.

(Aus »Demian«, GW 5, S. 138)

Zu den einfachen Bedürfnissen, auf die man sich sonst nie besinnt, weil sie nie zum Hunger werden, gehört auch die Heimat. Damit meine ich nicht das Vaterland – das gehört schon zu den höheren, geistigen Gaben und Bedürfnissen. Ich meine die Bilder, die jeder von uns als sein bestes Erinnerungsgut aus der Kindheit bewahrt hat. Sie sind nicht darum so schön, weil die Heimat unbedingt schöner wäre als die andre Welt; sie sind bloß darum so schön, weil wir sie zuerst, mit der ersten Dankbarkeit und Frische unserer jungen Kinderaugen gesehen haben.

Das ist keine Sentimentalität. Das Sicherste, was wir haben, wenn wir nicht die höchsten Stufen im Geistigen erreicht haben, das ist die Heimat. Man kann Verschiedenes darunter verstehen. Die Heimat kann eine Landschaft sein, oder ein Garten, oder eine Werkstatt, oder auch ein Glockenklang, oder ein Geruch. Das, worum es sich handelt, ist die Erinnerung an die Zeit des Heranwachsens, an die ersten, stärksten, heiligsten Eindrücke unseres Lebens...

Es ist ans Innerste gerührt, an den kleinen sicheren Schatz, den wir aus den Jahren der frühesten Jugend haben. Da liegen Bilder und Eindrücke durcheinander, man schätzt sie oft wenig, aber alles zusammen ist eine satte Lösung, an die man nicht rühren kann, ohne daß es Kristalle gibt.

(Aus »Gesammelte Briefe«, Bd. 1, S. 313f.)

Nichts Schöneres, als wenn in einer Familie die Begabung für einen Beruf und die Hingabe an ihn erblich sind, es entsteht da eine besonders intime und auch besonders intensive Tradition, es wird da etwas vom Besten und Heiligsten vererbt und weiter gepflegt und getragen, und Familien mit solchen Begabungen und Traditionen sind festere Stützen der Schule und der Bildung als alle amtlichen Programme.

(Aus einem unveröffentlichten Brief vom 22. 8. 1950)

Ich neige manchmal dazu, glückliche Menschen für heimliche Weise zu halten, auch wenn sie dumm scheinen. Was ist dümmer und macht unglücklicher als Gescheitheit?

(Aus »Kindheit des Zauberers«, GW 6, S. 383f.)

Der Wanderer hat das Beste und Zarteste von allen Genüssen, weil er neben dem Schmecken auch noch das Wissen von der Flüchtigkeit aller Freuden hat. Er schaut auch dem Verlorenen nicht lange nach und begehrt nicht an jedem Orte, wo es einmal gut sein war, gleich Wurzeln zu schlagen. Es gibt Lustreisende, die gehen Jahr für Jahr an denselben Ort, und es gibt viele, die können von keinem schönen Anblick Abschied nehmen, ohne daß sie beschließen, recht bald wiederzukommen. Das mögen gute Leute sein, gute Wanderer sind es nicht. Sie haben etwas von der dumpfen Trunkenheit der Liebesleute und etwas von dem sorglichen Sammlersinn der Lindenblütenpflückerinnen. Aber den Wandersinn haben sie nicht, den stillen, ernst-fröhlichen, immer abschiednehmenden.

(Aus »Bilderbuch«, GW 6, S. 194)

Das Schönste ist immer so, daß man dabei außer dem Vergnügen auch noch eine Trauer hat oder eine Angst.

(Aus »Knulp«, GW 4, S. 471)

Das Beste, das Schönste, das Begehrenswerteste auf der Welt kann man nur mit der eigenen Seele bezahlen, wie man Liebe niemals kaufen kann, und wessen Seele nicht rein, nicht des Guten fähig, nicht wenigstens des Glaubens an das Gute fähig ist, dem klingt auch das Beste und Edelste nicht mehr rein und voll entgegen, und er muß sich für immer mit dem verkleinerten, verdorbenen, getrübten Bilde der Welt begnügen, das seine Gedanken sich zur eigenen Qual und Verarmung geschaffen haben.

(Aus »Betrachtungen«, GW 10, S. 27)

Stelle dir dein Wesen als einen tiefen See mit kleiner Oberfläche vor. Die Oberfläche ist das Bewußtsein. Dort ist es hell, dort geht das vor sich, was wir denken heißen. Der Teil des Sees aber, der diese Oberfläche bildet, ist ein unendlich kleiner. Er mag der schönste, der interessanteste Teil sein, denn in der Berührung mit Luft und Licht erneuert, verändert, bereichert sich das Wasser. Aber die Wasserteile selbst, die an der Oberfläche sind, wechseln unaufhörlich. Immer steigt es von unten, sinkt von oben, immer geschehen Strömungen, Ausgleichungen, Verschiebungen, jeder Teil Wassers will auch einmal oben sein. – Wie nun der See aus Wasser, so besteht unser Ich oder unsre Seele (es ist nichts an den Worten gelegen) aus tausend und Millionen Teilen, aus einem stets wachsenden, stets wechselnden Gut von Besitz, von Erinnerungen, von Eindrücken. Was unser Bewußtsein davon sieht, ist die kleine Oberfläche. Den unendlich größeren Teil ihres Inhalts sieht die Seele nicht. Reich und gesund nun und zum Glück fähig scheint mir die Seele, in der aus dem großen Dunkel nach dem kleinen Lichtfelde hin ein beständiger, frischer Zuzug und Austausch vor sich geht.

(Aus »Kleine Freuden«, S. 141)

Wir haben seit einer guten Weile fast alles vergessen, was die großen Lehrer der Menschheit gefunden und gelehrt haben. Sie lehren ja alle das Gleiche, seit Jahrtausenden, und jeder Theologe oder auch jeder humanistisch Gebildete könnte es uns mit klaren Worten sagen, einerlei, ob er mehr zu Sokrates oder zu Lao Tse, mehr zu dem leidlos lächelnden Buddha oder zu dem Heiland mit der Dornenkrone neigt. Sie alle, und überhaupt jeder Wissende, jeder Erweckte und Erleuchtete, jeder wahre Kenner und Lehrer des Menschentums hat das Gleiche gelehrt, nämlich daß der Mensch sich nicht Größe noch Glück, nicht Heldentum noch süßen Frieden, daß er sich überhaupt nichts wünschen soll, nichts als einen reinen, wachsamen Sinn, ein tapferes Herz und die Treue und Klugheit der Geduld, um damit so Glück wie Leiden, so Lärm wie Stille zu ertragen.

(Aus »Ansprache in der ersten Stunde des Jahres 1946«, GW 10, S. 541f.)

Quellennachweis:

Glück: Geschrieben im März 1949. Erstdruck in »Neue Schweizer Rundschau«, Zürich vom Mai 1949. Aufgenommen in Hermann Hesse, »Späte Prosa«, Frankfurt am Main 1951.

Kleine Freuden: Geschrieben 1899. Erstdruck in »Allgemeine Schweizer Zeitung«, Basel vom 24. 12. 1899. Hier spätere Fassung aus »Neue Freie Presse«, Wien vom 18. 10. 1904. Erstmals in Buchform in Hermann Hesse, »Kleine Freuden«. Kurze Prosa aus dem Nachlaß, herausgegeben von Volker Michels, Frankfurt am Main 1977.

Über das Reisen: Erstdruck in »Die Zeit«, Nr. 500 vom 30. 4. 1904. Erstmals in Buchform in Hermann Hesse, »Die Kunst des Müßiggangs«, Kurze Prosa aus dem Nachlaß, herausgegeben von Volker Michels, Frankfurt am Main, 1973.

Ferien: Geschrieben 1903. Erstmals in Buchform in Hermann Hesse, »Unterm Rad«, Berlin 1904.

Die blaue Ferne: Geschrieben 1904. Erstdruck in »Neues Wiener Tagblatt« vom 25. 11. 1906. Erstmals in Buchform in Hermann Hesse, »Betrachtungen«, Berlin 1928.

Dem Sommer entgegen: Geschrieben 1905. Erstdruck in »Neue Freie Presse«, Wien vom 7. 7. 1905. Erstmals in Buchform in Hermann Hesse, »Bilderbuch«, Berlin 1926.

Hochsommer: Geschrieben 1905. Erstdruck u.d.T.: »Ein Bummeltag« in »Frankfurter Zeitung« vom 25. 7. 1905. Erstmals in Buchform in Hermann Hesse, »Bilderbuch«, erweiterte Auflage, Frankfurt am Main 1958.

Winterglanz: Geschrieben 1902. Erstdruck in »Neues Wiener Tagblatt« vom 22. 1. 1905. Erstmals in Buchform in Hermann Hesse, »Die Kunst des Müßiggangs«, a.a.O.

Schönheit und Schwermut der Wolken: Geschrieben 1903. Erstmals in Buchform in Hermann Hesse, »Peter Camenzind«, Berlin 1904.

Vom Naturgenuß: Erstdruck in »Neues Wiener Tagblatt« vom 19. 4. 1908. Erstmals in Buchform in Hermann Hesse, »Die Kunst des Müßiggangs«, a.a.O.

Im Flugzeug: Geschrieben im März 1913. Erstdruck in »Kölnische Zeitung« vom 21. 3. 1913. Erstmals in Buchform in Hermann Hesse, »Die Kunst des Müßiggangs«, a.a.O.

Musik: Geschrieben 1913. Erstdruck in »Vossische Zeitung«, Berlin vom 25. 12. 1913. Erstmals in Buchform in Hermann Hesse, »Die Kunst des Müßiggangs«, a.a.O.

Von der Seele: Geschrieben im September 1917. Erstdruck in »Die Schweiz«, Zürich vom April 1919. Erstmals in Buchform in Hermann Hesse, »Kleiner Garten«, Wien 1919.

Gehöft: Entstanden 1919. Erstdruck in »Die Schweiz«, Zürich vom April 1919. Aufgenommen in Hermann Hesse, »Wanderung«, Berlin 1920.

Pfarrhaus: Entstanden 1919. Erstdruck in »Die Schweiz«, Zürich vom April 1919. Aufgenommen in Hermann Hesse, »Wanderung«, a.a.O.

Kapelle: Entstanden 1919. Erstdruck in »Die Schweiz«, Zürich vom April 1919. Aufgenommen in Hermann Hesse, »Wanderung«, a.a.O.

Sommertag im Süden: Geschrieben 1919. Erstdruck in »Vossische Zeitung«, Berlin vom 31. 7. 1919. Erstmals in Buchform in Hermann Hesse, »Bilderbuch«, erweiterte Auflage, Frankfurt am Main 1958.

Kirchen und Kapellen im Tessin: Erstdruck in »Schweizerland«, Zürich vom April 1920. Erstdruck in Hermann Hesse, »Die Kunst des Müßiggangs«, a.a.O.

Tessiner Sommerabend: Erstdruck in »National-Zeitung«, Basel vom 8. 8. 1921. Erstmals in Buchform in Hermann Hesse, »Bilderbuch«, a.a.O.

Was der Dichter am Abend sah: Geschrieben ca. 1924. Erstdruck in Hermann Hesse, »Die Kunst des Müßiggangs«, a.a.O.

Aquarell: Erstdruck in »Frankfurter Zeitung«, vom 4. 7. 1926.

Erstmals in Buchform in Hermann Hesse, »Die Kunst des Müßiggangs«, a.a.O.

Zwischen Sommer und Herbst: Geschrieben im August 1930, spätere Fassung vom August 1931 in Hermann Hesse, »Kleine Freuden«, a.a.O.

Mai im Kastanienwald: Geschrieben Ende April 1927. Erstdruck in »Berliner Tageblatt« vom 12. 5. 1927. Erstmals in Buchform in Hermann Hesse, »Kleine Freuden«, a.a.O.

Floßfahrt: Geschrieben 1928. Erstdruck in »Berliner Tageblatt« vom 1. 3. 1928. Erstmals in Buchform in Hermann Hesse, »Die Kunst des Müßiggangs«, a.a.O.

Feuerwerk: Erstdruck u.d.T.: »Venezianische Nacht« in »Berliner Tageblatt« vom 19. 8. 1930. Erstmals in Buchform in Hermann Hesse, »Die Kunst des Müßiggangs«, a.a.O.

Über Schmetterlinge: Geschrieben 1935 als Vorwort zu Adolf Portmann, »Falterschönheit«, Bern, Iris Verlag, 1935. Aufgenommen in Hermann Hesse, »Kleine Freuden«, a.a.O.

Erlebnis auf einer Alp: Geschrieben im August 1947. Erstdruck in »Neue Zürcher Zeitung« vom 14. 8. 1947. Erstmals in Buchform in Hermann Hesse, »Beschwörungen«, Frankfurt am Main 1955.

Das Gedicht *Es gibt so Schönes* entstammt der Ausgabe Hermann Hesse, »Gedichte«, Berlin 1902. Die übrigen Gedichte wurden dem Band Hermann Hesse, »Die Gedichte«, Frankfurt am Main 1977, entnommen.

Inhalt

Glück 7
Es gibt so Schönes 24
Kleine Freuden 25
Reiselied 32
Schönheit und Schwermut der Wolken 33
Weiße Wolken 37
Über das Reisen 38
Sommerferien 54
Die blaue Ferne 60
Dem Sommer entgegen 63
Schönes Heute 68
Hochsommer 69
Winterglanz 75
Vom Naturgenuß 80
Gegenüber von Afrika 88
Im Flugzeug 89
Fahrt im Aeroplan 102
Vom Unterwegssein 103
Musik 108
In Sand geschrieben 118
Von der Seele 120
Voll Blüten 135
Gehöft 136
Pfarrhaus 139
Kapelle 143
Bücher 146
Sommertag im Süden 147

Kirchen und Kapellen im Tessin 152
Spätblau 158
Tessiner Sommerabend 159
Bekenntnis 165
Was der Dichter am Abend sah 166
Aquarell 174
Magie der Farben 181
Zwischen Sommer und Herbst 182
Frühling 190
Mai im Kastanienwald 191
Sprache 199
Floßfahrt 201
Glück 208
Feuerwerk 209
Blauer Schmetterling 217
Über Schmetterlinge 218
Der Blütenzweig 230
Erlebnis auf einer Alp 231
Bilderhandschriften 234
Nachts im April notiert 239
Verzauberung, Ein Blatt aus dem Tagebuch 240
Kleiner Gesang 246
Gedanken über das Glück in Hermann Hesses Briefen und Schriften 247